KB113990

자객전서

수담·옥 新무협 판타지 소설

FANTASTIC ORIENTAL HEROES

자객전서 3

수담 · 옥 新무협 판타지 소설

초판 1쇄 찍은 날 § 2014년 4월 14일
초판 1쇄 펴낸 날 § 2014년 4월 21일

지은이 § 수담 · 옥
펴낸이 § 서경석

편집부장 § 권태완
편집책임 § 정수경

펴낸곳 § 도서출판 청어람
등록번호 § 제387-1999-000006호
등록일자 § 1999. 5. 31
어람번호 § 제2-2486호

주소 § 경기도 부천시 원미구 심곡2동 163-2 서경B/D 3F (우) 420-822
전화 § 032-656-4452 팩스 § 032-656-4453
http://www.chungeoram.com
E-mail § chungeorambook@daum.net

ⓒ 수담 · 옥, 2014

ISBN 979-11-5681-985-1 04810
ISBN 979-11-5681-921-9 (세트)

자객전서

3

수담 · 옥 新무협 판타지 소설

[일천 리 추격 척살]

FANTASTIC ORIENTAL HEROES

자객전서

제 1 장 아홉 번째 살인 |07

제 2 장 자객연가(刺客戀歌) |035

제 3 장 두 번째 청부 |069

제 4 장 덕성(德性)의 검사 |099

제 5 장 화음혈전(花陰血戰) |147

제 6 장 일천 리 추격 척살 |187

제 7 장 조망산 기습섬멸전 |221

제 8 장 금사도 결전 |255

제 9 장 무림일병 빙룡환(氷龍環) |281

1장

아홉 번째 살인

오늘은 추수 님에게 감사의 인사를 먼저 전하고자 합니다.

무슨 감사를 하느냐고요?

사망탑에서 능공검을 수련할 때 추수 님께서 동심맹의 의도가 의심스럽다며 혈기환을 복용하지 말라고 하셨지요.

추수 님의 생각이 옳았어요.

강호에 나와 그 단환을 조사해 보니(약방에 직접 들고 갔지요) 그건 혈기환이 아닌 마기환이더군요.

의원이 말하길, 마기환은 앵속보다 열 배는 더 중독성이 강해 강호에서 금지 약물로 취급된다고 하더군요.

그러니 추수 님이 아니었다면 저는 꼼짝없이 마기환에 중독되어 동심맹의 꼭두각시가 되었을 겁니다.

저의 안위를 매번 돌봐주시는 추수 님.

고맙습니다. 그리고 감사합니다.

당신의 은혜는 제 가슴에 항상 담아두고 있겠습니다.

추신.

추수 님 현재 장안에 머무르고 계신다고 하셨지요?

저도 지금 장안에 와 있습니다.

우리 사이에 십오 년이란 세월의 격차가 벌어져 있다는 것을 알지만 그럼에도 이 도시 어딘가에 추수 님이 존재하고 있다는 생각을 하니 기분이 많이 묘해집니다.

우리는 그때 왜 만나지 못했을까요?

당신과 같은 공간에 머물고 있다는 사실 하나만으로도 이렇게 가슴이 설레고 있거늘, 나는 왜 당신과의 약속을 어겼을까요.

늦었지만, 반성의 차원에서 오늘 밤 오른쪽 손목에 문신을 하나 더 새겨야겠습니다.

추수언약—秋秀言約—이라고.

이상, 추수 님이 만사편안하시기를 바라는 답사연이 올립니다.

"사연 님, 만사가 편안했으면 나도 정말 좋겠어요. 하지만 박복한 제 삶도 당신만큼 험난하긴 마찬가지입니다. 휴우…
내가 진짜 지금 여기서 무슨 짓을 하고 있는 거지."

이추수는 전신이 반사되는 커다란 동경 앞의 의자에 앉아
전서를 읽고 있었다. 담사연의 편지가 반가운 일이기는 한데
그녀의 지금 심정은 심란하기 그지없었다. 동경에 비치는 그
녀의 모습 때문이었다.

기녀 수준으로 화장을 진하게 한 것까지는 그나마 그녀도
여성이라는 점에서 견딜 수 있었다. 하지만 동경에 비치는 그
녀의 전신, 속옷이 훤히 비치는 하늘색 나삼을 입은 모습은
차마 눈뜨고 볼 수 없을 만큼 한심하고 부끄러웠다.

"수사고 뭐고 다 때려치우자. 무슨 부귀영화를 얻겠다고
내가 이 꼴로 위장 근무를 해."

윤락녀로 변장한 그녀의 지금 모습은 상부의 명에 의해서
이다. 정확히는 혈지주의 주변 인물을 검거하고자 즙포왕이
계획한 수사 작전의 일환이었다.

구중섭은 혈지주 사건에서 공범이 있다고 주장했다. 혈지
주가 피해자에게 은밀히 접근하고, 또 사건을 벌인 후에 완벽
히 잠적하자면 주변인의 도움을 반드시 받아야 한다는 것이
다.

그래서 혈지주, 예전 요마와 밀접한 관계가 있었던 사파 무
림인들을 집중적으로 탐문 수사하였다. 그 과정에서 오늘의

문제 인물, 탐화무군 삭천량이 수사 선상에 포착되었다.

요마의 직속 수하였던 삭천량은 요마가 강호에서 잠적한 후로 오랫동안 소속 없이 천하를 떠돌아다녔는데 현재 다섯 건의 살인 사건과 열두 건의 강간 사건으로 무림맹의 수배를 받고 있었다.

그 삭천량이 장안에 머물고 있다는 첩보가 입수됐다. 삭천량은 밥은 굶어도 여자는 굶지 않는다는 소문을 남길 정도로 호색광이다. 그래서 장안의 기방을 모조리 파헤친 끝에 화청루라는 색주가에 삭천량으로 의심되는 인물이 은신하고 있음을 알아내고 오늘의 작전을 수립하게 되었다.

이추수가 삭천량의 검거 요원으로 낙점된 것은 여성 포교로서 그녀만큼 경험과 능력을 갖춘 이가 없다는 줍포왕의 강력한 주장에 의해서였다.

이추수 역시 일선 검거요원으로 자기가 선발된 것을 쾌히 수락했는데 만약 오늘의 이 끔찍한 위장 근무를 그녀가 사전에 알아차렸다면 사건이고 뭐고 당장 악양으로 달아났을 것이다.

"고약한 영감쟁이. 나를 어떻게 이런 식으로 부려먹을 수가 있어. 그 인간은 선배도 아니고 스승도 아냐. 원수야, 원수!"

똑똑똑!

그녀가 동경 속의 모습을 보며 신세를 한탄하고 있을 때 방문을 두들기는 소리가 들려왔다.

"이 포교님, 접니다. 들어가도 되겠습니까?"

중정부 실장 오정갈의 음성이었다. 오정갈은 현재 그녀와 더불어 삭천량 검거 작전의 일선 대원으로 활동하고 있었다. 맡은 배역은 화청루의 여인을 손님에게 연결해 주는 중매꾼이다.

"네, 들어오세요."

오정갈이 방 안으로 들어왔다.

"와우!"

실내로 들어온 오정갈은 이추수를 보자마자 눈을 번쩍 떴다.

그녀가 매섭게 눈을 흘겼다.

"뭐죠? 지금 그 감탄사는?"

"아… 음… 그게… 그러니까……."

오정갈이 그녀의 눈길을 피하며 말을 떠듬댔다. 그런 한편으로 그는 의자에 앉아 있는 그녀의 전신을 힐끔힐끔 훔쳐봤다.

"씨! 작전이고 뭐고 당장 그 눈알부터 체포해 버릴까 보다!"

이추수의 짜증에 오정갈은 느글느글한 웃음을 지어 보였다.

"헤헤. 이 포교님, 그 인간이 이런 복장의 여인을 원하는데 우린들 무슨 방법이 있겠습니까? 그러니 심기가 불편하더라도 대의로운 마음으로 참아주시기 바랍니다. 이게 다 강호의 안정과 번영을 위해 하는 일이 아니겠습니까."

"어휴, 말이나 못하면! 그래, 삭천량이라는 놈은 어디에 있지요? 참, 그것보다 그놈이 진짜 삭천량이 맞기는 한가요?"

"안 그래도 그것 때문에 이 포교께서 최종 확인을 해주셔야 합니다. 조사에 의하면 삭천량은 자신의 신체 구석에 '애희(愛姬)'라는 문신을 새겨 놓았는데 특수한 약물을 사용했기에 몸이 달아올랐을 때만 드러난다고 합니다. 그러니 그것을 확인한 다음 행동에 들어가서야 할 것입니다."

이 점은 중요하다. 삭천량이 혈지주 사건에 연관된 것이 확실하다면 끝까지 자신의 신분을 속이고자 할 것이다. 어차피 사형 언도를 받은 지명 수배자이다. 상황이 위급하면 혀를 물고 죽어서라도 혈지주를 보호하려 들 것이다.

"알았어요. 그건 내가 확인하죠. 그놈은 지금 어디에 있죠?"

"화청루 삼 층의 특실, 십사 호실에 있습니다. 작전을 진행함에 이 포교의 안전은 걱정하지 마십시오. 돌발 상황이 발생하면 그 즉시 제가 체포조가 이끌고 그곳으로 쳐들어갈 겁니다."

"쓸데없는 걱정은 하지 마세요. 그런 잡놈은 내가 한 손가락으로도 처리할 수 있어요. 자, 난 준비가 끝났으니 이만 그곳으로 가죠."

이추수는 호기로운 말과 함께 의자에서 일어났다. 나삼이 출렁이며 몸매의 곡선이 아찔하게 드러난다.

"우웃! 후우우!"

오정갈이 눈을 돌리곤 심호흡을 해댔다.

"가자니깐!"

그녀가 짜증을 토하며 앞서서 방문으로 걸어갔다.

오정갈의 눈이 그녀의 나삼 뒷모습 하체로 향했다. 정확히는 작은 천과 끈으로 이어진 그녀의 속옷 부근에 고정됐다.

"으응?"

그녀가 찜찜한 얼굴로 뒤돌아섰다.

오정갈은 그때까지도 눈을 그녀의 하체에 고정하고 있었다.

그녀는 주먹을 말아 잡았다.

"이 변태! 내가 그 눈알부터 체포한다고 했지!"

퍽!

*　　　*　　　*

화청루 십사 호실.

"손님, 애향입니다. 소녀 지금 들어가겠습니다."

이추수는 십사 호실의 방문을 열고 안으로 들어갔다.

특실이라 그런지 실내는 상당히 크고 화려했다. 다섯 사람이 누워도 될 것 같은 특대 침상에 목욕물을 받아놓은 대리석 욕조까지 실내에 갖춰져 있었다.

'어디 있지?'

방 안에 들어온 그녀는 침상 앞에서 잠시 두리번댔다. 인기척은 있는데 사람이 선뜻 눈에 들어오지 않았다.

그때 중년 남자의 칼칼한 음성이 실내 구석에서 들려왔다.

"누구 소개로 왔지?"

음성은 병풍 뒤에서 들려왔다. 그녀는 병풍을 향해 몸을 돌리며 답했다.

"화청루의 주인이신, 홍 대모께서 소녀를 이곳으로 보내셨습니다."

"……"

잠시 침묵이 휘돌았다. 그녀로선 기분이 무척 불쾌해지는 침묵이다. 관음을 당하는 여인의 심정이 바로 이런 것이리라.

"여기로 가까이 와서 천천히 몸을 한 번 회전시켜 보아라."

성질대로 하자면 당장 병풍 뒤의 인간을 족쳐 버리고 싶지만 그렇게 할 수는 없는 일. 그녀는 병풍 앞으로 걸어가서 상대가 원하는 대로 천천히 몸을 한 바퀴 돌렸다.

"가슴이 빈약한 것이 흠이지만 그것 외에는 상급의 점수를 줄 수 있겠구나. 됐다. 너는 이제 나를 대면할 자격을 얻었다."

'자격? 뭐라는 거야, 이 인간?'

그녀는 내심 기가 찼다. 기껏해야 수배자이거늘 고관대작이라도 된 것처럼 위세를 부리고 있었다.

"저를 그렇게 예쁘게 봐주시니 소녀는 몸 둘 바를 모르겠습니다."

내심과 다르게 그녀는 허리를 공손히 숙여 인사했다. 그러자 껄껄대는 웃음과 함께 병풍 뒤에서 대도를 허리를 찬 오십 대의 남성이 걸어 나왔다. 외양으로만 보면 이 인간은 지극히 평범하다. 흉악한 범죄자의 모습은 물론이요, 무림인처럼 보이지도 않는다.

'하긴 그러기에 오랫동안 무림맹의 체포를 피할 수 있었겠지.'

중년인이 칼을 침상 앞의 탁자에 내려놓곤 뒤돌아 그녀를 쳐다봤다.

"홍 대모에게 언질을 받았겠지만 오늘 나를 만족시켜 줄 수 있다면 너는 앞으로 일 년 동안은 먹고 놀고도 남을 돈을 하사받게 될 것이다. 알겠느냐?"

"소녀 최선을 다해 어르신을 모시겠습니다."

"후후."

중년인이 느끼한 미소를 지으며 그녀의 얼굴로 바짝 다가왔다. 중년인의 입술이 그녀의 코를 스쳐 귓가에 머물렀다.

"애향아, 손님이나 어르신 같은 딱딱한 용어 말고 좀 참신한 것 없느냐?"

그녀가 안색을 살짝 붉히며 입을 열었다. 물론 내심과는 다른 연기다.

"당신이라고 부를까요?"

"아니. 그건 식상해."

"그럼 '여보'라거나 '자기'라고 할까요."

"그것도 아냐. 너무 평범해."

그녀는 교태 어린 얼굴로 눈을 찡긋했다.

"오라버니 소리를 듣고 싶은 거예요?"

중년인이 만족의 음성을 흘려냈다.

"핫핫. 그래, 바로 그거야. 애향아, 나를 오라버니라고 불러보렴."

"네. 오라버니, 애향이 오라버니… 우리 오라버니……."

원하는 대로 불러주긴 했지만 그녀의 속은 지금 부글부글 끓고 있다.

'날강도 같은 인간아! 너랑 나랑 나이 차이가 최소 삼십 년이다!

"자, 이제부터 본격적으로 놀아볼까."

중년인이 그녀의 몸을 번쩍 안아 들고 침상으로 향했다.

그녀는 안긴 자세에서 눈을 흘겼다.

"오라버니, 밤이 되려면 아직 한참 멀었습니다. 술이라도 마시면서 천천히 즐기시길."

"염려 마라, 애향아. 이 오라버니도 일찍 끝낼 생각은 전혀 없다."

중년인이 그녀를 침상에 내려놓고 다시 병풍 뒤로 향했다.

잠시 후, 중년인은 커다란 보따리를 하나 들고 나와 대도가 놓인 침상 앞의 탁자에 쏟아부었다.

촤르르르.

채찍, 수갑, 은줄, 방울이 달린 집게, 붓처럼 털이 수북이 붙은 목봉…….

그녀로서는 용도가 무척 의아스러운 집기들이다.

"그것들은 전부 뭐예요?"

"이거?"

중년인이 씨익 웃으며 털 달린 목봉을 들어 앞뒤로 흔들었다.

"흐흐, 선수끼리 왜 이래? 널 행복하게 해줄 예쁜이들이잖아."

"어머!"

그녀는 침상에서 벌떡 일어섰다.

이번엔 연기가 아니다. 범인 체포에 나선 수사관으로서가 아닌 여성의 본능에서 나온 반응이다.

'변, 변태! 이 인간은 진짜 변태야!'

"왜 그러느냐? 내 화청루로 들어올 때 밤일에 특별한 소질이 있는 아이를 보내달라고 주문했거늘… 너 혹시 홍 대모가 보낸 게 아닌 거냐?"

그녀의 과민한 반응에 중년인이 의심스러운 눈빛을 보냈다.

그녀는 생긋 웃으며 침상에 다시 앉았다.

"그럴 리가요, 오라버니. 소녀는 지금 행복해서 그래요. 난 그 예쁜이들을 너무너무 좋아하거든요."

즉흥적으로 나온 말인데 상황은 더더욱 수렁이다.

그녀의 말에 중년인은 음흉한 웃음을 지어 보이며 용두조각상을 손에 들었다.

"흐흐흐, 그래. 진즉 그렇게 나왔어야지. 자, 이건 어떠냐? 감당할 수 있겠느냐?"

"물론 문제없죠. 자, 어서 침상으로 올라오세요."

중년인이 옷을 훌훌 벗어 던지곤 침상으로 올라왔다. 속옷차림이 된 중년인의 몸을 그녀가 은밀히 살폈다. 팔뚝엔 용

문신, 가슴엔 나비 문신, 등엔 호랑이 문신, 온갖 문신이 전신에 새겨져 있어 애희로 추정되는 글자 문신은 쉽게 확인되지 않았다.

"자, 너도 옷을 벗거라. 아니, 내가 벗겨주럼?"

아무리 수사 중이라지만 생판 모르는 남자와 속옷 차림으로 침상에서 마주하고 있자니 죽을 맛이다. 물론 그렇다고 수사에 미적거리면 이 변태한테 더 험한 꼴을 겪게 된다. 그녀는 내키지 않더라도 일을 빨리 진행시키고자 적극적으로 나섰다.

"오라버니, 잠깐만요. 잠깐만 있다가 해요."

"흥이 깨지게 왜 그러느냐?"

"무서워서, 너무 무서워서 연애할 기분이 안 생겨요."

"뭐가 무서운데."

"이거요. 문신… 오라버니 암흑가 출신이에요?"

중년인의 문신을 그녀가 살살 어루만지며 물었다.

중년인은 그녀의 손길에 성적 감흥이 온 듯 달궈진 숨결을 흘리며 입을 열었다.

"애향아, 무서워할 필요 없다. 난 칼을 들지 않은 민간인은 해치지 않는다. 그리고 성적 취향이 특이한 편이긴 해도 누구처럼 행위를 즐긴 후에 그 상대를 찢어 죽이는 변태성욕자는 더욱 아니다."

'누구처럼?'

그녀가 눈을 빛냈다. 추적의 끈을 잡았다.

"그래도 이건 너무 험악해요. 징그럽기도 하고요."

"무서워할 것 없대도. 그냥 화선지 위에 그린 명화라고 생각해라."

"하면 좀 순한 것은 없어요. 그걸 보면 내 기분이 다시 좋아질 것 같아요."

"순한 것? 어떤 거?"

"이를테면 가족이나 애인 이름 같은 거요."

"이름?"

중년인이 멈칫하더니 그녀를 진득하게 쳐다봤다. 일이 틀어진 게 아니다. 그녀가 원하는 그런 문신이 중년인의 몸에 새겨져 있다는 뜻이다.

"킬킬, 물론 있지. 아주 오래전에 그런 것을 새겨 놓았지."

"뭐죠? 어디에 있죠?"

"보고 싶으냐."

"네."

"그럼 네가 직접 찾아서 봐라. 난 보고 싶어도 볼 수 없다."

중년인이 침상에 엎드린 자세로 속옷을 벗었다. 중년인의 살찐 엉덩이가 그녀의 눈앞으로 확 다가온다. 엉덩이에 그 문신을 새겨 놓았다는 뜻이다.

"보이느냐?"

"아무것도 없는데요?"

"그건 내가 아직 몸이 달아오르지 않았기 때문이다. 엉덩이를 살살 만져봐라. 네 혀로 빨아주면 더 좋고."

'미친놈! 빨긴 뭘 빨아!'

그녀는 소름이 돋은 손으로 중년인의 엉덩이를 툭툭 건드렸다.

"오오! 좋아! 바로 그거야!"

그녀의 손길에 중년인이 흥분된 음성을 질러댔다.

그러던 한순간, 왼쪽 엉덩이 아래에서 글자가 윤곽을 드러내기 시작했다.

"글자네요? 무슨 의미죠."

"내 조강지처 이름인데 악독한 년이었지. 서방이 술 취해 뻗어 있는 틈을 이용해서 감히 지 이름을 새겨 놓다니 말이야. 오우! 좋아, 더! 더!"

몸이 화끈 달아올랐는지 '愛姬'라는 문신이 아주 선명해졌다.

"그년의 이름이 애희였지. 그래, 이제 잘 보이느냐?"

"……"

그녀는 대답 없이 일어나 침상에서 내려왔다.

확인은 끝났다.

이젠 이 더러운 짓거리를 하지 않아도 된다.

"애향아, 한참 기분이 좋아지고 있는데 왜 멈추느냐?"

중년인이 고개를 돌려 그녀를 쳐다봤다.

침상에서 내려온 그녀는 탁자 위에 놓인 채찍을 손에 들었다.

중년인이 채찍을 보곤 눈을 묘하게 빛냈다.

"아하! 이제 보니 너는 그쪽 계통이구나. 깜찍한 것! 진즉에 그렇다고 말하지. 자, 나는 상관 말고 먼저 즐겨보렴. 난 학대받을 준비가 되어 있다."

"웃긴 새끼."

그녀는 싸늘해진 얼굴로 침상에 올라갔다. 그리곤 침상에 누워 있는 중년인의 몸을 서 있는 자세 그대로 발로 밟았다.

"좋아, 그 눈빛! 그 자세! 진짜 같아. 아주 실감 나!"

중년인이 현 상황을 눈치 못 채곤 개소리를 해댔다.

짝!

그녀가 중년인의 몸에 채찍을 강하게 내리쳤다.

"으윽!"

중년인의 입에서 악문 신음이 흘러나왔다. 중년인은 그녀를 의아히 쳐다봤다. 이건 즐기는 행위가 아닌 것이다.

"애향아, 너무 세다. 이래서야 너와 내가 흥이 나겠느냐."

"흥!"

그녀가 냉소를 흘려냈다. 상황 파악을 못하는 인간. 이젠 한심하게 보이기까지 한다.

"닥쳐. 한 번만 더 더러운 주둥아리를 놀리면 그땐 그 입을 찢어 놓을 거야."

"으응? 애향아 왜 이러느냐?"

분위기가 심상치 않음을 중년인이 뒤늦게 파악했지만 이미 늦어버렸다.

그녀는 중년인의 가슴을 강하게 밟은 채로 말했다.

"탐화무군 삭천량! 너를 혈지주 사건의 공범으로 체포한다! 체포에 저항하면 즉결 처리하겠다!"

체포라는 말에 중년인, 삭천량이 눈을 번쩍 떴다.

"이 쌍년이 이제껏 나를 농락했구나!"

"닥쳐!"

그녀가 채찍을 다시 내려쳤다. 삭천량의 얼굴에 채찍 자국이 진하게 생겨났다. 고통스러워도 비명을 지를 여유가 없다. 삭천량은 자신의 가슴을 짓누르고 있는 그녀의 발을 강하게 후려치고 침상에서 뛰쳐나왔다. 그리고 뛰쳐나오자마자 탁자 위에 놓인 칼을 손에 들곤 침상의 그녀를 향해 크게 휘둘렀다.

침상 탈출에서 반격까지, 삭천량의 동작은 전부 하나의 초식으로 연결된 것. 조금 전까지 윤락녀와 시시덕거리며 즐기던 변태의 모습은 일절 찾아볼 수 없다. 삭천량에게 애석한 일이라면 그녀 역시도 이 순간 몸 팔던 여인의 모습에서 완전히 탈피했다는 거다.

차르르르!

그녀의 회전. 삭천량이 발을 후려쳤을 때 그녀는 마치 곡예를 하듯 머리가 침상 아래로 지나가는 신체 회전을 하였다. 그리고 삭천량이 칼을 휘두를 때 그녀는 회전을 끝마치는 자세에서 채찍에 내공을 주입해 검처럼 내찔렀다.

땅!

삭천량의 칼이 채찍에 부러졌다. 채찍은 검날처럼 빳빳이 세워져 있다.

벽사검의 발휘!

줍포왕의 주력 무공 벽사곤법, 그것이 그녀의 몸에서 발현될 때는 이렇게 벽사검법으로 변형된다.

"이런 젠장!"

칼날이 부러지자 삭천량은 당혹한 모습이 되어 방문으로 곧장 내달렸다. 기민한 판단이지만 아직 그녀의 연결 동작은 끝나지 않았다.

"거기 서!"

그녀의 채찍이 삭천량의 등을 뱀처럼 뒤따라갔다.

퍽!

삭천량과 방문이 동시에 타격됐다.

방문은 박살 났고, 삭천량은 눈을 까뒤집은 모습으로 바닥에 쓰러졌다.

"이 포교! 몸은 괜찮으십니까?"

상황이 종결된 시점에서 오정갈이 체포조를 이끌고 방 안으로 들어왔다.

그녀는 체포조와 눈을 마주치기에 앞서 침상의 홑이불로 자신의 나삼을 가렸다.

"대단합니다, 이 포교. 열 받으면 일급 이상이라고 하더니 틀림이 없군요. 삭천량을 저렇게 만들어 버릴 줄이야."

"틀렸어요. 열 받은 고양이 모습은 아직 나오지 않았어요."

그녀는 별일 아니었다는 듯 오정갈에게 눈을 찡긋하곤 말을 이었다.

"내 할 일은 이제 끝났죠? 나가봐도 되겠지요?"

작전 때문에 담사연의 전서를 받고도 답장을 보내지 못했다. 그 때문에 얼른 숙소로 돌아갈 생각이다.

"숙소로 가시면 안 됩니다."

현장을 나가려는 그녀의 걸음을 오정갈이 막아섰다.

"응?"

그녀는 의문스런 눈으로 오정갈을 쳐다봤다.

"이 포교께선 지금 혜림사로 가셔야 합니다. 즙포왕의 명입니다."

"왜죠?"

오정갈이 뜸을 잠시 두었다가 긴장된 음색으로 입을 열었다.

"혈지주 사건이 다시 발생했습니다. 아홉 번째 희생자는 그곳 혜림사의 여승입니다."

＊　　　＊　　　＊

혜림사는 장안의 남쪽 혜양산 중턱에 위치해 있다. 소림사 출신의 승려가 세운 작은 절인데 무공 수련에 뜻을 두지 않은 지 오래되었기에 현재는 무림과 아무런 상관이 없다. 대신 혜림사는 여승이 많은 비구니 산사로 유명하다. 승적을 올림에 성별 차이를 두지 않지만 언제부터인가 속세를 떠나는 여인들이 이곳을 많이 찾았고 그러다 보니 자연적 세인들에게 비구니 산사로 불리게 된 것이다.

이추수는 일몰을 앞둔 유시 무렵, 그 혜림사에 들어섰다. 이때 경 내의 분위기는 을씨년스러울 정도로 아주 침울했다. 사자의 넋을 달래는 독경 소리조차 들리지 않았다. 혜림사의 분위기가 이렇게 된 이유는 죽은 여승의 모습이 너무나 끔찍했기 때문이다.

사건은 본전 안에서 벌어졌다.

강간을 당하고 죽은 여승은 신체가 잔인하게 파헤쳐졌고, 적출된 내장 일부는 불경스럽게도 본전에 모신 부처님 동상의 손바닥 위에 놓여 있었다. 여승들은 그 끔찍한 모습에 하나같이 충격을 받았고 나아가서는 두려움에 질린 나머지 숙소에서 두문불출하기에 이르렀다.

같은 여성의 입장이다. 이추수는 여승들의 심정을 이해하는 한편 그들을 무척 안쓰러워했다. 아픈 사연을 겪었기에 여승의 길에 나선 그들이었다. 그런데 속세를 떠난 그들에게 세상의 악행이 다시 찾아들어 심신을 괴롭히고 있었다.

"화청루의 일은 여기서 보고를 받았다. 잘 처리했다. 앞으로도 그렇게 수사 활동에 적극 임해주길 바란다."

혜림사 본전, 사건 현장에 들어서자 구중섭이 그녀를 흐뭇하게 반겼다.

화청루에서 거의 알몸이나 다름없는 차림으로 작전에 나섰다. 그러기에 평소였다면 그녀는 만사 제쳐놓고 손톱부터 세웠을 것이다. 하지만 지금은 그럴 심정이 아니었다. 난자하게 파헤쳐진 여인의 시신을 보고 있자니 가슴이 마냥 침울해지고 있었다.

그녀는 현장 조사에 주력했다.

"제가 살펴봐도 되겠습니까?"

"그러려무나."

구중섭의 승인에 그녀는 시신을 이리저리 살펴봤다.

강간당한 흔적, 적출된 내장. 파헤쳐진 몸체.

혈지주 사건의 지난 피해자와 그다지 차이가 없는 모습이었다.

그녀가 시신을 살펴보고 있을 때 구중섭이 제반 설명을 해주었다.

"피해자의 법명은 혜연. 속세 이름은 주여홍. 나이는 올해 이십칠 세. 알려진 가족은 모친 한 사람. 모친은 혜림사의 전대 주지 송연이며 작년 말에 입적했음. 사인은 강간치사. 혈지주의 이전 범행 수법과 동일하게 당했음. 주변인의 증언을 따르면 혜연은……"

시신을 살펴보던 그녀가 구중섭의 설명을 잠시 끊었다.

"의문이 있습니다. 혈지주는 왜 이곳까지 와서 여승을 상대로 범행을 저질렀을까요. 만만한 먹잇감을 찾자면 도시에 더욱 많지 않겠습니까?"

"나도 그게 의문이다. 조사를 해봤지만 혈지주가 굳이 이곳까지 찾아와 살인을 할 당위성을 못 찾겠다."

"불특정인물을 노린 우발적인 범행인가요?"

"그렇지 않다. 혈지주에게 우발적인 범행이란 없다. 이건 치밀하게 계획된 연쇄살인이다."

"치밀하게?"

"혜림사 승인의 말에 의하면 어떤 신도가 며칠 전부터 혜연의 신상을 계속 캐고 있었다고 한다. 다시 말해 그녀가 주여홍이란 것을 확인한 후에 이와 같은 범행을 저질렀다는 것이다."

"휴우."

그녀는 착잡한 한숨을 내쉬며 시신의 자리에서 물러섰다. 피해자는 계속 생겨나는데 범인은 여전히 오리무중이다.

구중섭이 격려 차원에서 그녀의 어깨를 가볍게 두들겨 주었다.

"힘내라. 우리가 누구냐? 천하의 악당들이 이름만 들어도 줄행랑친다는 즙포사제가 아니냐. 우리는 반드시 그 나쁜 놈을 체포해서 사형대에 올릴 것이다."

"네, 선배. 꼭 그렇게 해주세요."

그녀가 구중섭에게 공손히 머리를 숙였다. 오랜만에 받아보는 인사이다. 구중섭은 흐뭇한 심정으로 고개를 끄덕이곤 본전을 걸어 나갔다.

"무림맹의 수사원들이 이곳을 한 번 더 조사할 것이다. 하니 우리는 그만 대포청으로 철수하자. 대포청에 가서 삭천량을 조지면 작은 단서라도 하나 나오지 않겠느냐."

이추수도 구중섭의 뒤를 따라 본전을 빠져나왔다. 그러던 한순간 그녀는 아연한 표정으로 제자리에 멈춰 섰다. 구중섭이 삭천량의 이름을 거론했던 바로 그 시점이다.

"추수야, 오해하지 마라. 그 작전은 내가 계획한 게 절대 아니다."

구중섭이 그녀의 반응에 지레 짐작을 하곤 변명을 해댔다.

"이 줍포왕이 아무럼 하나뿐인 제자에게 그런 역할을 시키겠느냐. 난 복잡하게 일을 만들지 말고 그냥 쳐들어가서 두들겨 잡으라고 명했다. 붙잡아 놓고 고신을 하면 제깟 놈이 어찌 정체를 토설치 않을 수 있겠느냐."

"……."

그녀는 구중섭을 묘하게 쳐다보며 다가갔다.

이추수의 손톱 신공에 당했던 적이 한두 번이 아니다. 구중섭은 반사적으로 얼굴을 가렸다.

"선배!"

구중섭의 염려와는 다르게 이추수는 손톱을 세우지 않았다. 그녀는 무척 상기된 얼굴로 입을 열었다.

"마중옥의 죄수를 다시 만나야겠어요. 당장 만남의 자리를 주선해 주세요."

"마중옥의 죄수라면 혈마?"

"네, 그 사람. 소적벽!"

이추수의 반응, 장난이 아니다. 구중섭이 진지해진 얼굴로 물었다.

"왜 혈마를 만나려고 하지?"

"그 사람은 알고 있었어요, 다음번 희생자가 절에서 나온 다는 것을요!"

그녀는 대답 이후 눈을 감았다. 마중옥에서 보냈던 기억이 뇌리를 지나간다.

그날의 면담 끝에서 분명히 오늘의 사건과 연관된 대화가 오갔다.

"제가 혈지주를 잡을 수 있을까요?"

"노력을 한다면 잡을 수 있다고 본다."

"어떤 노력을 해야 하지요?"

"절에 가서 열심히 불공을 올려라. 그러면 네 정성에 감복한 부처가 해결의 길을 열어줄 것이다."

2장

자객연가(刺客戀歌)

혈마와 이추수의 독대가 전격적으로 성사됐다. 즙포왕의 요청을 무림맹주가 승인한 것이다. 면담 장소는 아귀굴이 아닌 중정부 조사실이다. 이추수의 뜻이 아닌 혈마의 요구에 의해서다.

소적벽은 아귀굴에서는 누구도 만나지 않겠다고 고집을 부렸다. 목마른 사람이 우물을 찾는 법. 무림맹은 혈마의 요구를 들어줄 수밖에 없었다.

무기수로서 단전이 파괴되어 무공을 상실한 상태이긴 해도 혈마는 살아 움직이는 그 자체로 살상무기가 되는 위험한 존재다. 그러기에 혈마는 무림맹 최고 수준의 보안 감호를 받아 아귀굴에서 나왔다.

무림맹은 혈마를 중심으로 삼중의 경비 포진을 하였고 혹여 모를 사태, 혈마의 탈출에 대비해 일급 비상령을 전투 단체에 걸어두었다. 아울러서 혈마의 몸에도 철저한 구속을 해두었다. 혈마의 손목과 발목에는 특수 재질의 수갑과 족쇄를 채웠고 가슴에서부터 종아리까지는 쇠사슬로 둘러 감았다. 그리고 살인 도구가 될지도 모르는 치아의 사용을 원천적으로 막고자 혈마의 얼굴에는 안면을 가린 철망 가리개를 착용시켰다. 무림맹이 혈마를 얼마나 위험스럽게 여기고 있는지 단적으로 알려주는 조치였다.

이추수는 중정부 조사실에 먼저 들어와 대기했다.

구중섭은 물론이요, 중정부장도 여기엔 들어오지 못했다. 이추수와의 완전한 독대. 이것 역시 혈마의 뜻이었다.

이추수가 조사실에 대기한 지 반 시진.

조사실 밖에서 쇠사슬이 바닥에 질질 끌리는 소리가 들려왔다.

쇠사슬 소리가 점점 가까이 들려오자 이추수는 숨결을 달래며 마음을 다잡았다. 아귀굴의 면담 과정에서 그랬듯 혈마는 한마디 말에도 상대방을 초긴장시키는 재주가 있었다. 그때문에 면담의 주도권을 혈마에게 뺏겨 버리고 말았는데 오늘은 그때와 같은 상황을 만들어서는 안 되었다.

터엉! 철그렁! 철그렁!

조사실의 문이 열리며 쇠사슬에 몸이 묶인 혈마가 안으로 들어왔다.

혈마를 데리고 온 경비 무인들은 그녀에게 눈인사를 건네곤 곧바로 조사실을 나갔다.

중앙 탁자를 앞에 두고 이추수와 혈마가 마주 앉았다.

무거운 침묵이 흐른다.

혈마는 침묵하는 동안 철망 속의 눈으로 그녀를 가만히 바라보기만 했다.

그녀가 먼저 입을 열었다.

"그런 모습으로 모시게 되어 죄송합니다. 내 뜻은 아니었습니다. 나는 인신 구속이 없는 자유로운 독대를 상부에 요청했습니다."

혈마가 말했다.

"그들이 옳고 네가 틀렸다. 자유로운 독대가 이루어졌다면 너는 살아서 저 문을 나가지 못할 것이다."

"……."

독대의 주도권을 갖겠다고 마음을 다졌건만 첫인사의 말부터 기세에서 밀린다.

그녀는 긴장감을 떨쳐내며 말을 돌렸다.

"얼마 만에 아귀굴에서 나오신 거죠?"

"하루의 시간도 잊고 살았는데 어찌 세월을 흐름을 알 수 있겠느냐."

"밖으로 나와 보니 기분은 어떤가요?"

"몸이 구속되었거늘 아귀굴 밖이나 안이나 무슨 차이가 있겠느냐."

대화로 독대의 분위기를 어찌해 본다는 것은 애초에 무리이다. 그녀는 이제 자신의 심정을 솔직히 드러냈다.

"선배님은 변함이 없군요. 감정을 가둔 벽이 너무 완고해 비집고 들어갈 틈이 없어요. 솔직히 말해 우리처럼 살과 뼈로 만들어진 인간인지 의심되기까지 해요."

"……"

혈마는 대답 대신 철망 속의 눈으로 그녀를 진하게 응시했다.

"왜 그렇게 보시죠? 저의 말이 선배님을 불쾌하게 했나요?"

"아니다. 그냥 보았을 뿐이니 너는 신경 쓰지 마라. 자, 이제 그만 본론으로 들어가자. 나를 왜 보자고 했느냐?"

독대의 목적을 혈마가 먼저 거론했다.

그녀는 이왕 시작된 것, 처음부터 단도직입으로 물었다.

"어떻게 아셨죠?"

"뭘?"

"혈지주의 아홉 번째 먹잇감이 여승이란 것을요."

"무슨 말이냐? 내가 무엇을 사전에 알았단 말이냐?"

모른 척하는 혈마를 그녀는 은근히 살펴봤다. 아쉽다면 안면을 가린 철망으로 인해 혈마의 표정 변화를 확인할 수 없다는 것이다. 아귀굴에서 어둠 때문에 혈마의 표정을 살펴볼 수 없었던 것과 비슷한 조건이다.

"혈지주를 잡으려면 절에 가서 대기하라고 제게 말하셨습니다. 기억 안 나십니까?"

"난 그런 말을 한 적이 없다. 혈지주를 잡게 해달라는 네 요청이 딱해 보여 부처에게 빌어보라고 권했을 뿐이다."

"그게 그거 아닙니까?"

"천만에. 너는 지금 지나친 기대심으로 사안을 확대하여 해석하고 있다. 아귀굴에 갇힌 내가 어찌 혈지주의 다음 대상이 여승이 된다고 장담할 수 있겠느냐."

그녀는 의자에서 일어났다. 가까운 거리에서 마주 보고 이야기를 하고 있자니 혈마의 눈빛에 자꾸만 위압되는 기분이다. 일어난 그녀는 주변을 가볍게 내걸으며 말을 이었다.

"난 그렇게 생각하지 않습니다. 선배님의 지난 무림 인생은 불교와 아무런 상관이 없습니다. 선배님에게 부처란 존재는 멸시와 폄하의 대상일 뿐이었지요. 하니 일이 잘 풀리지

않는다고 하여 남에게 불공을 드리라고 권한다는 건, 이치에
맞지 않습니다."

"나에 대해 얼마나 안다고 단언을 하느냐. 네 말처럼 부처
란 놈을 좋아하지는 않지만 나도 가끔은 부처의 그 한심한 교
리에 내 삶을 의탁하기도 한다."

"그럼 이건 어떻게 설명하실 거죠?'

그녀가 걸음을 멈추곤 혈마를 정면으로 쳐다봤다.

"마중옥의 면담에서 선배님은 내게 말하길, 요마를 만나본
적이 없다고 하셨습니다. 하나, 제가 알아본 바에 따르면 선
배님은 예전에 요마와 깊은 악연을 맺고 있었습니다. 사중반
란! 검마와 신마의 충돌을 야기한 요마 사건에서 당시 선배님
은 요마의 처소로 직접 쳐들어가서 그놈을 잡아왔지요. 자,
이 점에 대해서 선배님은 제게 어떻게 설명하실 건가요."

그녀의 이 물음에 혈마는 한동안 침묵을 유지했다가 입을
열었다.

"생각했던 것보다 훨씬 치밀한 아이로구나. 사중반란에서
본좌가 요마의 처소로 쳐들어갔던 것은 사중천에서도 극비로
다룬 일이거늘……. 하나 그렇다고 하여 내 입장이 달라지는
것은 없다. 나는 요마에 대해 모른다. 너를 만나기 이전에는
관심조차 가져본 적이 없었던 놈이다."

증거를 제시해도 요마를 모른다고 시치미다. 강제적 심문

을 할 수 없으니 그녀로서는 어쩔 수 없는 일이겠지만 실망할
필요는 없다. 이미 소기의 성과를 거두었다. 이 사안으로 인
해 혈마의 완고했던 감정의 벽이 조금은 허물어졌다. 혈마의
이어지는 말에서 그 점은 증명된다.

"다만, 내가 그날 여승을 거론한 것은 네 생각처럼 의도적
으로 흘린 말이기는 하다."

"아!"

의도적이란 말. 다시 말해 혈지주 사건의 다음 대상자를 혈
마가 예상했다는 거다.

그녀는 긴장된 심정으로 질문을 이었다.

"어떻게 알 수 있었지요? 혈지주 사건에서 우리가 모르는
어떤 단서가 있었던 겁니까?"

"요마는 예전부터 여승과의 성행위를 광적으로 좋아했다.
그래서 한때 불가의 공적으로 소림사의 추적을 받기도 했다.
너희의 주장처럼 혈지주란 놈이 요마의 변신이라면 내가 그
놈의 다음 먹잇감으로 여승을 거론한 것도 그다지 무리한 추
측은 아니지 않겠느냐?"

"으음."

긴장감이 일순간에 풀려 버린다. 나름 앞뒤가 맞아 떨어지
는 주장이지만 그녀가 기대했던 답이 아니다.

"정말 그것뿐입니까?"

"하면 다른 무엇이 또 있겠느냐? 본좌를 겁쟁이로 생각하는 거냐?"

이대로 대화가 끝나면 오늘의 독대는 무의미하다. 처음부터 다시 시작한다. 그녀는 혈마의 일거수일투족에 집중하며 질문의 방향을 돌렸다.

"좀 덥군요. 제가 선배님의 투구를 벗겨드릴까요?"

"마음은 고맙지만 사양하겠다."

"왜요? 제가 선배님의 진면목을 두려워하리라고 생각하시는 겁니까?"

"그래서가 아니다. 오랜 세월 어둠 속에서 혼자 살았다. 나 아닌 타인과 얼굴을 맞대고 이야기하면 내가 더 불편해진다. 난 지금이 편하니 이대로 내버려 두어라."

"네, 알겠습니다."

그녀는 대답 후에 혈마를 잠깐 묘하게 쳐다봤다.

자조적인 언사. 살인마로 강호에 알려진 혈마의 모습과는 여러모로 많이 다르다. 기록으로 남은 세간의 평가가 잘못된 것인가, 아니면 감옥에서 보낸 고독의 세월이 혈마의 성향을 다르게 변화시켰는가.

그녀의 뇌리로 한 가지 수단이 스쳐갔다.

혈마의 협조를 구하는 것.

어쩌면 감성적인 접근 방식에 해답이 있을지도 모른다.

"일 이야기는 지루하니 우리 화제를 돌릴까요?"

"어떤 것?"

"사건을 제외한 아무거나요. 하면 제가 먼저 질문해도 되겠어요?"

"마음대로."

그녀는 의자에 다시 앉아 혈마를 잔잔히 응시했다. 위압감은 이전보다 훨씬 덜했다.

"당신은 오랜 세월 아귀굴에 갇혀 살았어요. 단기 방면은 물론 면회도 한 번 없었죠. 그런 자신의 인생이 후회스럽지 않았나요?"

"내가 선택한 인생의 결과이다. 후회할 것 같았으면 시작도 하지 않았다."

'당신'이라는 말을 의도적으로 사용해 봤다. 혈마는 그 용어를 그다지 꺼림 없이 받아들이고 있었다.

"외로움은 사람의 감정을 나약하게 만듭니다. 당신이 지금 예전과 다른 모습을 보이는 것도 그 때문이라고 저는 생각합니다."

"외로움이라… 그래, 많이 외로웠지. 매순간 혀를 물어 죽어버리고 싶었을 정도로."

"보고팠던 사람은 없었나요?"

"……"

혈마의 숨결이 흐트러졌다. 눈빛마저 가늘게 떨렸다.

혈마의 감정을 가둔 벽이 비로소 허물어졌다는 뜻.

그녀는 이 순간 진짜로 묻고 싶었던 물음을 툭 내던졌다.

"요마가 여승을 자주 범했기에 절을 거론했다는 말. 그 말 거짓이죠? 난 알 수 있어요. 당신은 그때 분명 내게 무언가를 가르쳐 준 거예요. 그렇죠?"

"……."

"내 말이 맞죠? 그렇죠?"

"후후."

혈마가 침묵의 숨결을 거두고는 낮은 웃음을 흘려냈다.

"영악하구나. 포교가 되면 그렇게 심문하는 것을 배우느냐?"

그녀는 대답 대신 미소를 지어 보였다. 의도가 들켰지만 전혀 당혹스럽지 않았다.

"맞다. 그날, 내가 여승을 거론했던 것은 요마의 이전 행적 때문이 아니다. 혈지주 사건이 요마가 한 짓이라면, 그게 틀림없다면, 순서와 시기의 차이였지 그놈의 먹잇감에는 여승이 포함될 수밖에 없었다."

"아!"

혈마가 드디어 진실의 입을 열었다.

그녀는 떨리는 심정으로 혈마의 이어지는 말에 귀를 기울였다.

"자, 이제 내 차례다. 내 물음에 충실히 답한다면 어쩌면 네가 듣길 원하는 답을 해줄지도 모른다."

혈마의 이어진 말은 그녀의 기대에 어긋난다. 하지만 실망하기에는 아직 이르다. 혈마의 말처럼 이젠 그녀가 혈마의 물음에 대답을 해줄 차례이다. 혈마에게서 혈지주에 관한 정보를 얻어내는 것은 그다음의 문제이다.

그녀는 생긋 웃으며 자신감을 보였다.

"난 너무 진실해서 그게 늘 문제예요. 얼마든지 물어보세요."

"포교 생활은 어떻게 시작하게 되었지?"

"포교의 왕이라고 불리는 스승이 한 분 있어요. 그분을 졸졸 따라다니다 보니 자연적 이렇게 되었죠."

"그 생활은 만족하느냐?"

"아니요. 아침에 눈을 뜰 때마다 그만두고 싶다는 생각을 해요. 내가 접어버리지 못하는 것은 강호에 악인이 너무 많기 때문이죠. 악인이 사라지면 난 미련 없이 그만둘 거예요."

그러니까 결국은 포교 생활을 끝까지 하겠다는 말이다. 혈마가 실소를 흘리곤 물음을 이었다.

"포교를 그만둘 수 있다면 무엇을 할 생각이냐?"

"그야 나이가 찼으니 당연히 시집부터 가야죠."

"애인이 있느냐?"

"그런 사람이 있었으면 내가 아귀굴 같은 위험한 곳에 들어갔겠어요?"

"하면, 살면서 마음에 둔 남자는 있었느냐?"

"남자 복이 지지리도 없는 인생이죠. 험한 직업인 터라 만나는 남자는 대부분 강도나 도둑, 살인자 같은 범죄자였죠. 다만, 최근에 접했던 한 사람은 조금 달랐어요."

"최근?"

"네. 그 사람은 힘든 환경 속에서도 동료의 삶을 먼저 배려하며 살고, 능력이 있음에도 남에게 과시하기보다는 자신을 먼저 낮추는 겸손한 사람이에요. 그리고 심성은 따뜻하며 예의는 아주 정중해요. 그 사람과 연락을 주고받을 때면 난 비로소 순찰포교가 아닌 감성적인 여자가 돼요."

그녀의 말이 갑자기 많아졌다. 말을 할 때 그녀의 눈은 샛별처럼 빛났고 표정은 그 어느 때보다 밝았다.

혈마가 그녀의 그런 모습을 주시하곤 물음을 이었다.

"그 남자를 생각하는 네 마음이 각별하구나. 그래, 네 심정을 고백했느냐?"

"아뇨. 아직은 그럴 수 없어요."

"왜?"

"확신이 서지 않아요. 내 진짜 심정을 알리면 그 사람과 눈을 마주해서 이야기를 해보아야 하는데 아직 그렇게 해보지 못했거든요. 솔직히 난 그 사람의 얼굴도 아직 보지 못했어요. 그는 전서 속에서만 존재하는 사람이거든요."

전서의 남자를 설명할 때 그녀는 혈마를 만나고 있는 목적까지 잊어버릴 정도로 진심을 내보였다.

"여자를 후리는 데 탁월한 능력을 가진 놈이군. 한 번도 만나보지 않은 여자를 이렇게 만들다니."

더 질문할 것이 없다는 듯 혈마가 자리에서 일어났다.

그녀는 뒤늦게 정신을 차렸다.

"뭐죠? 그게 다예요? 더 안 물어봐요?"

"난 너처럼 심문하고자 밑밥을 깔은 것이 아니다. 그냥 네 포교 생활이 궁금했을 뿐이다. 오랜만에 밖으로 나와서 그런지 피곤하다. 그만 돌아가야겠다."

말을 마친 혈마가 등을 돌렸다.

결국 이렇게 아무런 소득 없이 끝난다. 그녀는 착잡한 숨을 내쉬며 자리에서 일어났다. 그때 조사실의 입구로 향하던 혈마가 뒤돌아서서 물었다.

"스승이 포교라고 했지? 포교로서 무림 경력은 어떻게 되느냐?"

"아주 오래하셨어요. 인생 자체가 포교 생활인 분이시죠."

"하면, 그자에게 화음(花陰)의 변(變)에 대해서 물어봐라.

화음지변을 잘 조사해 보면 내가 혈지주의 희생자를 어떻게 예측했는지 알 수 있을 것이다.”

“아!”

혈마가 수사의 방향을 다시 제시해 주고 있다. 그녀는 고무된 심정으로 혈마에게 포권했다.

“선배님의 도움에 감사드립니다.”

“······.”

혈마는 그녀를 한 차례 묵묵히 주시하곤 조사실 입구로 몸을 돌렸다. 곧 경비무인들이 안으로 들어와 혈마를 삼중으로 포위해서 아귀굴로 끌고 갔다.

철그렁, 철그렁.

혈마가 걸어갈 때마다 쇠사슬 소리가 들려온다. 이추수는 중정부 본관까지 따라 나와 혈마의 그런 뒷모습을 지켜봤다. 쇠사슬에 묶인 혈마의 모습이 이상하게 그녀의 심정을 자극한다. 할 수만 있다면, 그럴 위치만 된다면 그녀는 혈마의 육체를 구속하는 저 무거운 쇠사슬을 당장 풀어주고 싶었다.

         *   *   *

“화음지변이라고?”

“네. 그 사건을 잘 살펴보면 혈지주의 범행에 대해 알 수 있다고 했어요."

중정부를 나온 이추수는 면담의 결과를 구중섭에게 먼저 보고했다. 그 과정에서 이추수가 화음지변을 거론하자 구중섭은 진의를 확인하기에 앞서 곤혹한 표정으로 무언가를 깊이 생각했다. 즙포왕의 평소 모습이 아니었다. 화음지변에 대해 무언가 알고 있는 눈치였다.

"화음지변이 대체 뭐죠? 전날에 발생한 살인 사건인가요?"

"지금으로부터 십오 년 전에 산서성 남부도시 화음에서 사이비 종교에 심취한 교인들이 집단 자살을 하여 강호에 큰 물의를 일으켰다. 현장에서 발견된 시신만 오십 명이 넘었는데 그 대부분이 어린 소녀라 더욱 큰 문제가 되었다."

"어떤 종교이기에 여자아이들을 자살로 몰고 갔지요?"

"……."

"교주는 누구인가요? 살아 있나요?"

"……."

구중섭은 사건의 개요만 설명하고 입을 다물었다. 사건의 내막을 모르거나 아니면 알고도 말을 해주지 않는 경우이다.

"제가 알아서는 안 되는 사건인가요?"

"실은 나도 잘 모른다. 그 사건은 당시 정파와 사파의 합의로 강호에 공개되지 않았다. 그러기에 누가, 어떻게, 왜, 라는 물음에 바른 답을 해줄 수가 없다."

"공개되지 않았다는 것은 무슨 뜻이죠?"

"그냥 덮었다는 뜻이지."

구중섭은 답변 이후 무겁게 숨을 내쉬었다. 이추수는 구중섭의 현 심정을 알 것 같았다. 이 사건처럼 현장 포교들을 가장 허탈하게 만드는 일은 외압에 의한 강제적 수사 중단이었다.

"세월이 많이 흘렀잖아요. 권력 구도도 그때와는 판이하고. 화음 사건을 새로이 조사해 보면 안 될까요?"

"정파와 사파가 보안 단속을 철저히 했던 화음 사건이다. 그러기에 그 사건의 실체를 접한 무림인은 당시에도 서른 명이 넘지 않았다. 그리고 네 말처럼 세월이 많이 흘렀다. 칠년 전쟁도 그 중간에 있었고. 그나마 그 사건에 대해 알고 있던 무림인도 이젠 세상에 없다는 뜻이지."

"하지만, 사람은 죽어도 기록은 남잖아요. 강호 어딘가에 화음지변의 기록이 남아 있을 것 아닌가요? 또한 혈마의 경우에서 보듯 그 사건의 실체를 알고 있는 무림인이 전부 죽었다고 볼 수는 없는 일이잖아요?"

이추수의 반문 제기는 타당하다. '사람은 죽어도 기록은 남는다.' 이는 구중섭이 이추수에게 늘 주장했던 포교지론 중의 하나이다.

"네 말이 맞다. 화음지변의 실체에 대해 알고 있는 무림인이 적어도 다섯 명은 현존하고 있다. 그들 중의 누군가는 아마 사건 기록을 가지고 있을 거다."

"어디에 있죠? 제가 가서 만나보겠습니다."

말은 쉽지만 이추수가 생존자들을 만나러 간다는 것은 간단치 않다. 아닌 말로 사람 하나를 찾고자 대륙의 끝자락까지 가봐야 할 수도 있다. 그런데 구중섭의 이어지는 말은 이추수가 굳이 그런 수고를 하지 않아도 되게끔 하였다.

"멀리 갈 필요 없다. 그중 한 사람이 현재 무림맹에 있다. 어쩌면 그 사건에 대해 가장 잘 알고 있는 사람일 수도 있다."

"누군가요?"

"화음지변을 강호에 최초로 고발했던 사람."

"그러니까 그 사람이 누구냐고요?"

"창룡검주 송태원."

"네? 맹, 맹주님?"

뜻밖의 인물이 거론되자 이추수는 그만 질의를 중단했다. 조사가 쉬워진다고 하여 마냥 반길 일이 아니다. 이 시점에서 갑자기 대두된 무림맹주. 무림맹주가 혈지주 사건에 관여되어 있다면 수사는 이제부터 극도로 조심스럽게 진행되어야 한다. 범인을 잡기 전에는 아무것도 확신 못한다. 그럴 일이야 없겠지만 바른 수사관이라면 최악의 가정까지 염두에 두어야 한다,

구중섭도 이추수의 그런 심정을 알고 있는지 이 사안에 대해선 일단 논의를 멈췄다.

"자, 밤이 늦었으니 오늘은 여기까지 하자. 맹주는 신강 사태로 인해 현재 무림맹을 비우고 있다. 닷새 후에 무림맹으로 돌아올 예정이라고 하니 그때 나와 같이 맹주를 만나보자."

이추수의 보고 과정이 끝났다.

이추수는 구중섭에게 눈인사를 전하곤 뒤돌아섰다. 그때 평소와는 다르게 정이 듬뿍 담긴 구중섭의 음성이 들려왔다.

"추수야, 오늘 수고했다. 숙소에 가면 사건은 생각하지 말고 푹 쉬도록 해라."

구중섭과 헤어진 그녀는 숙소로 돌아가지 않고 저자를 무작정 걸었다.

사건이 연속된 긴 하루가 끝난 지금 그녀의 심정은 상당히 무거웠다. 혈지주 사건 때문만은 아니었다. 난제 사건은 늘 있어온 일이었다. 범인들의 잔인한 행위에 분노를 하긴 해도 포교의 본분을 잊을 정도로 그 사건에 집착하지는 않았다. 사건이 안 풀려 가슴이 정 답답하면 술을 진창 마시고 잠을 자버리면 그만이었다.

평소와는 다른 감정.

무엇이 가슴을 무겁게 하는 걸까.

그녀는 저자를 걷는 내내 오늘 보낸 시간을 되짚으며 원인을 찾아보았다. 하지만 답답하게도 딱 꼬집어 이것이라고 할 만한 사안은 생각나지 않았다.

"휴."

걸음을 멈추고 하늘을 올려다봤다. 오늘따라 유독 달빛이 밝았다.

"술 마시기 좋은 날이군."

무거운 가슴을 한 잔의 술로써 녹여본다고 내심 정했다.

그녀는 이제 마음에 드는 주점을 찾아 저자를 돌아다녔다. 불빛이 찬란한 고급 술집은 내키지 않았다. 오늘 같은 날은 손님이 거의 없는 한적한 술집이 좋았다. 달빛이 비치는 창문가의 좌석이 있는 곳이라면 더욱 좋았다.

전통의 주루 백 년 가업 이화루!

저자의 외곽에서 그녀의 마음에 딱 들어맞는 술집을 찾았다.

단층으로 된 아담한 주루인데 입구에는 백 년 동안 가업을 이어왔다는 광고의 글이 적혀 있었다. 이런 작은 술집도 백년의 역사를 자랑하는가? 그녀는 피식 웃곤 이화루 안으로 들어갔다.

"화주 한 병. 안주는 상관없으니 아무거나 갖다 주세요."

손님이 없었기에 창가 자리가 비워져 있었다. 그녀는 그곳에 앉아 간단하게 술을 주문하곤 창가 너머로 보이는 달을 바라봤다.

"손님 혼자 오셨습니까?"

앳된 여성의 음성이 그녀를 일깨웠다. 술상을 들고 온 것으로 보아 점원으로 여겨지는데 십 대 초반의 아주 귀여운 얼굴이었다.

"왜요? 혼자 오면 안 되는 가게인가요?"

"그럴 리가요. 언니가 예뻐서… 너무 예뻐서 남자 분이랑 같이 온 줄 알았어요."

장사 수단이라고 생각하기에는 너무 어리다. 어쨌든 예쁘다는데 기분은 나쁘지 않다.

"그러게요. 장안의 남자들은 전부 멍청이인가 봐요. 이렇게 예쁜 나를 혼자 술집에 오게 만들다니 말이에요."

그녀는 싱긋 웃으며 잔에 술을 채웠다. 여점원은 요구할 것이 있으면 꺼리지 말고 자신을 불러달라는 말을 전하곤 주방으로 돌아갔다.

술을 마신다. 잔이 비면 다시 술을 따라 마시고 또 그렇게 마신다.

화주 한 병을 거의 비웠지만 무거운 마음은 가시지 않았다.

아니, 오히려 쓸쓸함만 더해졌다. 텅 빈 맞은편 자리. 오늘따라 유독 그 빈자리가 아쉽게 느껴진다.

끼룩끼룩!

"아!"

그러고 보니 혼자가 아니었다. 언제 날아왔는지 창가에 유월이가 앉아 있었다. 그녀는 오늘 아침에 본 전서를 탁자에 내려놓았다. 그리고 필기구를 꺼내 전서의 뒷장에 담사연에게 보낼 글을 적기 시작했다.

사연 님.

오늘 밤은 달빛이 아주 밝아요.

그 때문인지 밤거리는 달구경을 나온 연인들의 걸음으로 가득 찼어요.

하지만 이렇게 좋은 날, 저는 지금 청승맞게도 장안 저자의 술집에서 혼자 술을 마시고 있네요.

세상은 참 불공평해요.

나처럼 정의사회 구현을 위해 매진하는 여성은 오늘 같은 날 술집에 처박혀 신세 한탄이나 하고, 인생을 대충 즐기며 살아가는 여자는 오늘 같은 날, 그동안 사귀어 온 애인 중 하나를 불러내어 행복하게 밤거리를 거닐고 있으니 말이에요.

성질나는데 나도 길거리에 나가서 남자나 한 명 엮어볼까요?

그도 아니면 연인들 속에 끼어들어 훼방이나 부려볼까요?

네, 뭐요?

달밤에 청승떨지 말고, 술 처먹었으면 숙소에 가서 잠이나 자라고요?

헤헤.

하긴 뭐, 제 팔자가 박복해서 그런 것인데 누굴 원성하고 무엇을 탓하겠어요.

하면 쳐 이추수는 사연 님의 충고를 받들어 딱 한 병만 마시고 숙소로 돌아가도록 하겠습니다.

추신.

제가 지금 술을 마시고 있는 곳은 쳐자 북쪽 외곽의 이화루예요.

백 년 동안 이어져 온 가업이라고 주장하는데 시간이 나면 사연 님도 한번 들러보세요.

규모는 보잘것없지만 역사가 오래되어서 그런지 손때 묻은 탁자와 의자, 술병과 술잔 등 운치가 아주 그럴듯해요. 에, 주당으로서 쉽게 말하면 술빨이 아주 잘 받는 곳이란 거죠.

이상, 화주 한 병에 횡설수설하는 취녀, 이추수가 올립니다.

술을 마시며 가볍게 적은 글이었다. 필체도 엉망이고 내용도 오락가락 두서가 없었다. 내일 아침이면 분명 후회하겠지만 그녀는 전서를 고치지 않고 유월이의 다리에 매달았다.

"유월아, 사연 님에게 전해주렴. 그리고 오늘은 답장을 되도록 빨리 받아 보았으면 해. 이 밤, 사연 님의 글을 보지 않고는 잠을 자지 못할 것 같아."

그녀의 말을 알아들었다는 듯 유월이 곧바로 날개를 퍼덕이며 밤하늘로 날아갔다.

다시 혼자가 되었다.

그녀는 술병을 들어 흔들어봤다. 언제 다 마셨는지 속이 비워져 있었다.

조금 전에 한 병만 마시겠다고 글을 적어 보낸 그녀이다.

그녀는 피식 웃으며 여점원에게 손짓했다.

"여기 한 병 더!"

담사연이 맞은편 자리에 앉아 있었다면 그녀는 아마 이렇게 말했을 것이다.

―술 취한 여자의 말을 믿는 것만큼 어리석은 일은 없어요.

여점원이 새로이 가져온 화주를 반 병 정도 마셨을 때다. 그녀가 예상 못한 일이 벌어졌다. 전서를 보낸 지 반 시진도 되지 않았건만 유월이가 답장을 매달고 돌아온 것이다. 이렇게 빨리 답장을 받은 적은 처음이다. 어쩌면 장안이라는 공간에 같이 머물고 있기에 벌어진 현상일 수 있었다.

그녀는 기쁜 심정으로 전서를 펼쳐봤다.

추수 님.

달빛이 아주 밝은 날이라고 하셨지요.

지금 제가 있는 이곳의 밤하늘도 그렇습니다. 달빛이 장안의 도심 곳곳을 훤하게 비추고 있습니다. 지역인에게 문의를 해보니 십년 혹은 이십 년에 한 번씩 장안에 큰 길조가 있을 때만 나타나는 월망 현상이라고 하더군요.

그 월망 현상이 추수 님과 제가 같은 공간에 머무르고 있는 시점에서 발생했습니다.

과장을 조금해서 해석하면 달이 지금 우리에게 축복의 빛을 보내고 있는 겁니다.

그러니 오늘 같은 날, 박복하다고 신세 한탄하지 마세요.

추수 님은 심성이 맑고 밝으신 분입니다. 또한 요령 같은 것 없이 자기가 맡은 일에 최선을 다해서 살아가는 정직한 분이십니다.

복신이 의무를 망각하지 않고서야 그런 추수 님에게 어찌 복을 주지 않을 수 있겠습니까.

하하!

지금도 우울하시고 울적하세요?

그러면 제가 복신을 대신해서 추수 님에게 작은 선물을 안겨다 주겠습니다.

우선 심호흡을 크게 한 번 하세요.

그런 다음 이화루의 주인을 부르세요.

참, 의문 같은 것은 품지 말고 그냥 제 말을 그대로 따라주세요.

후아, 후아.

이추수는 심호흡을 하고 난 후에 앳된 그 여점원을 불렀다.

"꼬마 아가씨, 잠깐만 이리 와보세요."

"왜요?"

"이화루의 주인과는 어떻게 되는 사이이죠?"

"제 아버님이세요. 가업을 잇는 게 저희 이화루의 전통이죠."

이추수는 그럴 줄 알았다는 듯 가볍게 미소 지으며 말을 이었다.

"하면 부친을 좀 불러주세요. 제가 전할 말이 있어요."

"네. 알겠습니다."

추수 님.

이화루의 주인이 당신 앞에 당도했습니까?

그렇다면 그분에게 이렇게 말하세요.

월광 속의 칼은 사내가 숨긴 것이고,

술잔 속의 눈물은 여인이 몰래 흘린 것이라네.

전했습니까?

그렇다면 이제 기다리세요.

이 천서의 마무리는 이화루의 주인이 장식할 겁니다.

"제가 이화루주 장가정입니다. 손님께서 저를 찾았다고 하
시던데, 무슨 일이신지?"

이화루주는 인상이 선하게 생긴 오십 대의 남자였다.

이추수는 천서에 적힌 글을 이화루주에게 그대로 전했다.

"월광 속의 칼은 사내가 숨긴 것이고, 술잔 속의 눈물은 여
인이 몰래 흘린 것이라네. 혹시 이런 시를 아세요?"

"아! 이럴 수가!"

이추수의 말을 들은 이화루주는 깜짝 놀란 표정이 되었다. 이어서는 감격의 음성을 토하며 그녀를 거듭 주시했다.

"왔어! 정말로 찾아왔어! 정말로!"

이화루주의 과민한 반응. 이젠 그녀가 의문스럽다.

"왜 그러시죠? 제가 모르는 다른 이유가 있나요?"

"손님! 설명은 나중에 하겠습니다. 여기서 잠깐만 기다리십시오."

이화루주는 주루의 안실로 급히 뛰어갔다.

잠시 후 루주는 백주와 은팔찌, 그리고 편지 한 장을 가져와 그녀의 탁자에 내려놓았다.

"이게 다 뭐죠?"

"그분께서 소저에게 남기긴 겁니다."

"그분이라면? 누구? 아!"

그녀의 뇌리에 무언가가 스쳐갔다.

이화루주의 설명이 뒤따랐다.

"십오 년 전에 바로 이 자리에서 젊은 남자 한 분이 술을 마시고 있었지요. 그분께서 그 시를 말하며 훗날, 그러니까 십오 년 후에 이십 대 여자 한 분이 이화루에 올 것이니 그때 이것들을 전해달라고 하셨습니다. 솔직히 저는 믿지 않았지만 그분이 워낙 진실되게 말하셨고, 또 보관료로 충분한 금액을 주셨기에 그동안 보관하고 있었습니다. 그런데 오늘……."

이추수는 이화루주의 말을 들으며 편지를 펼쳐봤다.

첫 글자를 보자마자 심장이 두근댔다. 조금 전에 받은 답장이 십오 년 전에 작성한 글과 연결되고 있었다.

추수 님, 기분이 어때요?

이런 방식으로 제 글을 보게 되리라곤 예상을 못 하셨죠?

이 편지가 당신의 울적한 심정을 조금이라도 녹여주었으면 합니다.

편지와 함께 남긴 백주는 이화루에서 최고로 비싼 명주입니다. 십오 년 동안 묵힌 술이니 그 맛은 한층 더할 겁니다.

그리고 은팔찌는 제가 천대로부터 물려받은 것입니다. 재물이 될 정도로 대단한 팔찌는 아니지만 추수 님의 은혜에 보답코자 하니 받아주셨으면 합니다.

참! 아직 끝난 게 아닙니다.

이 밤 추수 님에게 줄 선물.

하나가 더 남아 있습니다.

이화루를 나가면 편지에 동봉된 쪽지를 펼쳐 보세요.

전서를 보고 난 이추수는 울적한 심정이 한결 가셨다. 그런 한편으로 해석이 잘 안 되는 묘한 감정이 가슴을 은은히 울려 왔다.

이 감정의 실체는 무엇일까.

그 사람의 선물에 감동을 받았기 때문만은 아니지 않겠는 가.

그녀는 이화루주에게 물었다.

"루주님이 보기에 그 사람은 어땠어요?"

"사실대로 말하자면 처음엔 말을 붙이기가 꽤 어려웠습니 다. 혼자 생활하는 게 습관이 되어버린 것 같은 그런 분이었 습니다. 한데 소저에게 전할 물건들을 건네받으면서 그분과 이런저런 이야기를 해보니 의외로 심성이 참 따뜻한 분이었 습니다. 게다가 십오 년이 흐른 지금도 저의 뇌리에 그분의 언행이 남아 있을 정도로 말은 정중하고 예의는 깍듯했습니 다."

"그래요. 그분은 그런 사람이에요. 만나보지는 못했지 만……."

이추수는 끝말을 흐리며 좌석에서 일어났다. 그가 남긴 또 다른 선물, 그것을 어서 확인해 보고 싶어서였다.

그녀는 이화루주에게 눈인사를 전하곤 탁자의 은팔찌를 착용했다. 팔찌는 원래부터 그녀의 물건인 것처럼 손목에 딱 들어맞았다.

이화루를 나가는 그녀에게 루주가 소리쳤다.

"손님, 백주도 가져가셔야지요!"

그녀는 고개를 저었다.

"보관해 두세요. 이다음에 그분이랑 같이 와서 마실 거예요."

이화루를 나왔다.

그녀는 입구에 서서 쪽지를 펼쳐봤다.

이화루를 나왔습니까?

하면 북쪽으로 계속 걸어 저자를 벗어나세요.

저자를 벗어난 후 오백 보 정도 걸어가면 예당천이라는 실개천이 나올 겁니다.

예당천은 평상시에는 수심이 낮고 강폭이 좁아 건너가기에 무리가 없지만 우기가 되면 하천의 폭이 늘고 물살이 세차 지역민이 함부로 건너가지 못하는 곳이 되죠.

제가 그곳 예당천에 작은 석교를 만들었습니다.

정확히는 아직은 만들지 않았지만 추수 님의 시대에서는 아마도 완성되어 있을 것입니다.

석교의 이름은 수연교라고 정했습니다. 추수 님의 이름과 제 이름을 합쳤지요.

수연교를 찾았나요?

수연교를 돌아보시면 양쪽의 석교 끝에 비석이 각각 세워져 있을 겁니다.

북쪽의 비석엔 추수 님의 이름이 적혀 있고 남쪽의 비석엔 저의 이름이 적혀 있습니다.

저는 지금 제 이름이 적힌 비석 앞에 서 있습니다.

그곳에서 맞은편 수연교를 바라보며 추수 님의 모습을 그려보고 있습니다.

달빛 찬란한 이 밤.

나는 제 속의 남자에게 물어봅니다.

그녀는 파연 나에게 어떤 의미가 있는 여자입니까?

그리고 또 용기를 내어 맞은편 비석 앞에 서 있는 여인에게 물어봅니다.

나는 파연 당신에게 어떤 의미를 주는 남자인가요?

이추수는 수연교에 올라 북쪽 비석 앞에 멈춰 섰다. 하늘에는 찬란한 달빛. 석교 아래로는 달빛에 반사된 예당천. 그녀의 주변 공간은 밤하늘 은하수처럼 온통 빛나고 있었다.

그녀는 신령스러운 빛의 물결 속에서 맞은편 비석을 바라봤다. 그 사람은 보이지 않지만 그 사람이 전해주는 마음은

느껴지고 있었다. 그녀는 눈을 감았다. 느낌의 실체가 조금
더 분명해졌다. 그 사람은 지금 그곳에 서서 그녀를 그윽하게
바라보고 있었다.

　월광 속의 칼은 사내가 숨긴 것이고,
　술잔 속의 눈물은 여인이 몰래 흘린 것이라네.
　칼이 월광에 숨겨진 뜻도 알고 눈물이 술잔에 담긴 의미도 모르지
않지만,
　새벽이 되면 사내는 칼을 꺼내 길을 떠나고
　여인은 애달픈 심정으로 혼자 술잔을 든다네.
　한 번 떠나면 돌아옴을 기약할 수 없는 길.
　자객의 길은 진정 애달픈 연심만큼이나 고달프다네.
　―자객연가(刺客戀歌).

3장

두 번째 청부

고도(古都) 장안에는 이화루처럼 가업을 잇는 사람들이 제법 된다. 그중에는 이화루의 백 년 가업은 명첩도 못 내밀 정도로 오래된 전통의 명가들도 있다. 대륙 각지를 돌며 서신이나 물품들을 배달해 주는 마가 집편장도 바로 그렇다.

마가 집편장의 역사는 오백 년을 훌쩍 넘는다. 가족 모두가 투체원으로 일하는 마씨 일가는 신용을 철칙으로 삼고 거래가 일단 성사되면 아무리 거리가 멀어도, 혹은 비가 퍼붓든 폭설이 휘날리든 목적지까지 무사히 물품을 배달한다.

근자에 마가 집편장은 경사가 겹쳐 분위기가 매우 좋다. 집편장을 잇는 가업이 싫다며 스무 살 나이에 가출하여 오 년 동안 무림의 전장을 전전했던 장주의 외동아들 마상담이 올해 봄에 고향으로 돌아온 것이 첫 번째 경사요, 오백 년 가업이 이어지게 된 것만도 감지덕지할 일인데 집에 돌아온 마상담이 예전과 다르게 집편장을 천직으로 알고 열심히 일하고 있다는 것이 두 번째 경사다.

그리고 세 번째 경사는 조만간에 찾아올 예정이다. 마상담의 부인이 얼마 전에 드디어 임신을 하게 된 것이다.

마상담은 그래서 오늘은 다른 날보다 더 일찍 집편장의 물품 창고로 들어와 배달을 나갈 준비를 하였다. 배달을 빨리 끝낸 후에 저자로 나가서 집사람의 임신에 도움이 되는 보약을 한 첩 지어 올 계획이다.

"그 사람도 서방 잘못 만나서 고생을 참 많이 했지."

손이 귀한 집안이기에 마상담은 나이 열아홉 살에 부인을 맞아들였다. 그가 스무 살에 가출했으니 그의 부인은 결혼식을 치른 후 이제껏 생과부로 살아왔다고 할 수 있다. 그게 마음의 빚이 된 마상담은 고향으로 돌아온 후 부인을 신주 모시듯 각별히 대하고 있다.

오늘은 일이 비교적 쉬운 서신 전달이 대다수다. 마상담이 그렇게 배달할 서신을 순서대로 챙겨 창고를 나가려고 할 때였다. 가죽 바랑을 어깨에 두른 이십 대의 남자가 물품 창고로 불쑥 들어섰다.

물품의 분실 차원에서 집편장의 창고는 외인이 함부로 들어오지 못한다.

마상담은 집편장을 방문한 손님이 길을 잘못 들었으리라 여기며 그 사내에게 다가갔다.

"손님, 이곳은 외부인 금지 구역입니다. 전달할 물건이 있다면 집편원실에 가서서 등록을… 응?"

마상담은 사내와의 거리 삼 보를 앞두고 멈칫했다.

낯이 익은 얼굴.

그가 꿈에서도 잊을 수 없는 전우의 모습이었다.

"야, 야랑?"

바랑을 둘러멘 사내가 피식 웃었다.

"귀신 보듯 쳐다보지 마. 기분 나빠서 그냥 돌아가 버릴까 보다."

"이 자식! 정말로 사연이가 맞구나!"

마상담은 단숨에 달려가 사내를 껴안았다.

그의 이런 반응은 지나친 것이 아니다. 신강에서 생사고락을 같이했던 야랑은 그가 아버지 다음으로 존경하고, 마누라 다음으로 사랑하는 존재다. 솔직한 심정으론 춤이라도 덩실덩실 추고 싶다.

"여기서 이럴 것이 아니라 나가서 술이라도 한잔하자."

도망이라도 갈까 싶어 마상담은 야랑의 손을 꼭 잡고 물품 창고를 나갔다. 집편장을 나올 때 서신 배달은 다른 투체원에게 넘겼다. 고향으로 돌아온 후 자기가 할 일을 한 번도 남에게 넘긴 적이 없지만 오늘만큼은 예외이다. 그리고 저자의 약방에서 보약을 짓는다는 계획도 다음 날로 미루었다. 야랑이란 존재는 그만큼 그에게 특별하다.

마상담은 집편장 인근의 주점에 술자리를 열었다. 일을 내팽개치고 오전부터 술을 마신다는 것이 보기에 좋지 않지만 마상담은 남들의 눈은 전혀 신경 쓰지 않았다.

"자식, 그대로야. 강호로 나와도 하나도 안 변했어."

"내가 사는 게 다 그렇지. 변할 게 뭐가 있겠어."

"천만에, 넌 우리 같은 놈들과 종자가 달라. 네 능력이면 마음먹기에 따라 얼마든지 무림에서 이름을 날릴 수 있어."

야랑이 비범하다는 것은 마상담 혼자만의 판단이 아니다. 야랑과 같이 생활했던 신강의 전우들 모두가 그렇게 생각한다.

"자, 어쨌든 살아서 이렇게 다시 야랑을 보니 감개가 무량하다. 그런 의미에서 건배!"

술자리가 본격적으로 시작되자 화주 세 병이 순식간에 비워졌다. 술잔을 부딪치는 가운데 서로의 안부를 묻는 대화가 오갔고 그러면서 그들은 신강에서 겪었던 일화를 거론하며 재회의 시간을 돈독히 보냈다.

화주 다섯 병을 그렇게 비웠을 때다.

마상담은 조금은 진지해진 얼굴로 말했다.

"여기서 더 마시면 난 취할 거야. 그러니 내가 정신 잃기 전에 말해봐. 무슨 일이지? 내가 무엇을 해줘야 돼?"

"일이라니?"

"이놈아, 내가 상담 전문 마상담이다. 무언가 부탁할 게 있어 나를 찾아왔다는 것은 너 얼굴만 봐도 알 수 있다."

"후후, 녀석. 하나도 안 변한 건 너도 마찬가지네."

야랑이 피식 웃으며 가슴 속에서 종이 한 장을 꺼냈다.

"여기 적힌 것을 좀 알아봐줘."

마상담은 종이를 건네받아 내용을 읽어봤다.

삼월 구 일 산서 삼십팔 번 십이 세 여홍!

사월 육 일 하남 사십삼 번 십일 세 미연!

오월 십 일 하북 오십육 번 십사 세 소희!

오월 칠 일 절강 육십일 번 십오 세 주현!

유월 육 일 섬서 육십육 번 십삼 세 시원

칠월 삼 일 강서 칠십이 번 십사 세 은설!

팔월 칠 일 호남 칠십사 번 십일 세 지연!

"지역과 순번… 나이와 이름… 전부 여자 이름 같은데? 이게 다 뭐야?"

"나도 몰라. 그러니 너에게 부탁하는 거야. 거기에 적힌 이들에 대해 알아봐 줘. 성별은 물론, 현재 무엇을 하고 있는지 등등. 어때, 할 수 있겠어?"

이를 테면 사람 찾기인데 만만한 작업이 결코 아니다. 대륙의 성도 단위로 나뉘었으니 조사 범위가 아주 광범위하다고 할 수 있다.

"문제없다. 내가 이들의 거주지는 물론, 사돈에 팔촌까지 샅샅이 조사해 주마."

마상담은 어려움을 내색하지 않고 흔쾌히 수락했다. 그가 너무 쉽게 답한 터라 부탁을 했던 야랑이 오히려 곤혹한 표정을 비쳤다.

"쉬운 일이 아냐. 강물에 빠뜨린 바늘 찾기나 진배없어."

"걱정 말래두. 이런 일은 우리 집편장이 전문이야. 대륙의 모든 집편장에 연통해서라도 반드시 찾아볼게."

"그래, 고맙다. 조사에 필요한 자금은 내가 충분히 치르마."

"야! 자금이라니!"

마상담은 돈을 거론하는 야랑을 힐끗 노려봤다.

"개소리해 댈 것 같으면 그냥 꺼져라. 내가 아무렴 생명의 은인에게 돈을 받겠냐. 야랑의 일이라면 내 모가지를 걸어도 시원치 않거늘."

생명의 은인이라는 것은 빈말이 아니다. 신강의 전장에서 마상담은 야랑의 구조로 세 번이나 사지에서 탈출했다. 야랑의 그런 도움이 아니었다면 생존율 삼 할이라는 지옥의 전장에서 결코 살아서 돌아오지 못했다.

마상담의 화가 난 모습에 야랑이 피식 웃으며 술잔을 들었다.

"자식, 긍정의 사나이 마상담답지 않게 성질은! 내 기꺼이 너의 도움을 받을 테니 화를 풀어라. 자, 건배!"

마상담도 술잔을 같이 들었다. 긍정의 사나이. 참 오랜만에 들어보는 말이다. 신강에서 보낸 기억이 뇌리를 스쳐간다. 신강의 시절이 지옥이긴 했어도 그의 인생에서는 무엇보다 의미가 소중한 시간이다.

마상담은 술잔을 비우면서 야랑을 다시 진하게 쳐다봤다. 지금 시점에서 알아봐야 할 것이 있었다. 물품 창고에서 녀석을 처음 보았을 때도 그랬지만, 녀석은 술자리를 하는 이 순간에도 주변을 경계하고 있었다.

매순간 긴장하고 또 경계한다.

그가 알기로 야랑이 저런 모습을 보일 때는 한 가지 경우밖에 없었다. 지금 생존이 걸린 전투에 돌입해 있다는 것이다.

마상담은 술잔을 내려놓고 진지하게 물었다.

"사연아, 이제 이야기해 주라. 대체 뭐야? 너에게 무슨 일이 생긴 거지?"

*　　　　*　　　　*

육추성 청부 완수 삼십 일, 장안 자은사.

동심맹의 청부자들과 이차 접선을 하기로 한 날이다.

접선 시각은 정오.

담사연은 오십 대의 촌노로 변장하여 접선 시각보다 훨씬 더 일찍 대안탑으로 향했다. 동심맹이란 청부 조직에 맞서 그는 홀로 움직이고 있다. 그들에게 이용당하지 않으려면 매사에 빈틈없이 대비를 해두어야 한다.

"괜찮을까? 괜히 끌어들인 것은 아닐까."

대안탑으로 가는 중에 그는 마상담을 만났던 어제의 일을 조금은 후회했다. 무림 권력과 연관된 일이기에 자칫하면 마상담과 마가 집편장에 해를 끼칠 수 있었다. 그래서 마상담을 찾아가기 전에도 꽤나 고민을 했는데 결국 원래의 계획은 되돌리지 못했다. 현실적으로 마상담의 도움을 받지 않고는 궁마의 집무실에서 가져온 그것에 대해 알아볼 방법이 없는 것이다.

신강에 있을 때 마상담이 이렇게 말했다.

"무림에서 정보 단체로 개방을 첫째로 꼽고 있지만 그건 뭘 모르는 인간들이 지껄이는 개소리에 불과해. 거지새끼들이 난장이나 피울 줄 알지, 무슨 정보를 습득하고 관리할 능력이 있겠어. 정보에 관해서는 누가 뭐라고 해도 대륙의 집편장이 최고야. 그중에서 우리 마가 집편장이 역사와 능력에서 단연 일등이지. 우리 가문이 마음만 먹으면 니들 집안의 젓가락 숫자까지도 알아낼 수 있어. 킬킬⋯⋯."

마상담의 그 주장이 완전히 과장된 것은 아니었다.

실제로 대륙에 산재한 집편장은 투체원으로 일컬어지는 배달 조직이 거미줄처럼 이어져 있었다. 그런 인적 조직이 갖춰져 있지 않으면 대륙 전반에 걸쳐 물품을 제대로 배달할 수가 없었다.

"이번 한 번뿐이야. 앞으로는 나 혼자 모든 일을 처리해야 돼."

그는 마상담을 포함한 주변인의 도움을 더는 받지 않겠노라고 마음을 다잡았다. 각오 안에는 지인들이 희생되면 그땐 반드시 복수하고 말겠다는 결심도 있었다.

어느덧 자은사에 도착했다.

그는 그때부터 허리를 조금 구부린 자세로 빠르지도 늦지도 않게 자은사 경 내를 유유히 거닐었다. 허름한 마의 차림에 반백의 머리카락, 검게 그을린 살결에 한가로운 걸음. 그는 누가 봐도 대안탑 인근 지역에서 오래 생활해 온 오십 대 촌노로 보이고 있었다.

경 내로 들어간 그는 대안탑 외곽 지점을 우선적으로 돌아다녔다. 그런 다음 보통의 관람객들처럼 대안탑을 천천히 돌며 주변인들의 모습을 세세히 살폈다.

'대안탑 입구에 두 명, 석불상 앞에 셋, 그리고 전각 앞에 둘.'

예상한 대로 동심맹의 무인들이 관람객으로 위장해 대안탑 곳곳을 지키고 있었다. 그는 만약을 대비해 그들의 위치를 머리에 하나하나 새겨두었다.

청부자들의 포진을 살펴본 탑돌이가 끝났다.

탑돌이를 할 때 은신 지점도 점지해 두었다.

그는 대안탑에서 우측으로 이십여 장 떨어진 은행나무로 걸어갔다.

현재 그곳 아래에서는 두 명의 촌노가 널평상에 앉아 장기판을 벌이고 있었다.

내기 장기에 심취해 있는 촌노들이다.

그는 촌노들 앞에 서서 한동안 장기판을 내려다보다가 불쑥 입을 열었다.

"차로 마를 잡아. 그리고 장군을 불러."

느닷없는 훈수에 장기를 두고 있던 촌노들이 그를 힐끗 쳐다봤다. 그중 훈수의 희생양이 된 좌측의 촌노는 불쾌한 음성까지 토해냈다.

"이 무슨 돼먹지 않은 경우야. 누가 당신보고 훈수를 두랬어!"

"미안하외다. 장기판을 보고 있자니 나도 모르게 그만……."

그는 촌노들의 짜증스런 반응에도 아랑곳하지 않고 장기판 옆자리에 태연히 앉았다. 그리고 조금 있어 다시 능청스럽게 훈수를 해댔다.

내기 장기에 훈수꾼이 등장하면 판이 깨지게 된다. 아니나 다를까, 그의 훈수에 패색이 역력했던 촌노가 성질을 왈칵 부리며 자리를 박찼다. 그는 그때부터 그 촌노를 대신해 느긋이 장기를 두기 시작했다.

*　　　*　　　*

대안탑 정오.

접선 시각이다. 이 시각 대안탑 일대는 겉보기엔 그다지 변화가 없다. 사람들은 경 내를 분주히 오갔고 일부 관람객들은 여전히 탑돌이를 하고 있다. 하지만 자세히 살펴보면 대안탑 아래의 한 여인을 중심으로 일반인들의 접근을 막는 경호, 경비가 펼쳐지고 있다.

경호의 중심에 위치한 청의 여인은 소유진이다.

접선 시각이 되자 그녀는 주변을 이리저리 돌아봤다. 그녀가 기다리는 대상, 야랑의 모습은 현재 어디에서도 보이지 않았다.

"부당주님, 야랑이 청부를 포기하고 잠적한 게 아닐까요?"

소유진의 좌우에는 양소와 쉰 살 정도의 흑의인이 각각 자리해 있었다. 흑의인은 사망탑의 일교관이던 대라도수 팽사적. 팽사적은 야랑의 이차 청부를 중점 관리한다는 차원에서 조순의 명에 의해 천기당에 합류했다.

팽사적의 조금 전 물음에는 소유진이 아닌 양소가 답했다.

"청부를 포기할 것 같았으면 궁마를 저격하지도 않았겠지요. 야랑은 올 겁니다. 어쩌면 이미 도착해 있을지도……."

양소의 말에 팽사적이 주변을 한 번 더 돌아봤다. 야랑의 모습이 여전히 보이지 않자 팽사적은 불편한 음성을 흘려냈다.

"포기가 아니라면 시간 개념이 없군. 자객이란 놈이 이래서야……."

어느덧 접선 시각에서 한 식경이 지났다. 소유진도 이젠 인내의 한계에 다다른 듯 짜증스러운 표정을 조금씩 비쳤다. 그때 소유진의 눈앞으로 열 살 어림의 소동이 다가왔다.

"저기, 누나!"

"응?"

소유진이 멈칫하며 소동을 쳐다봤다. 소동의 다가섬을 알고 있었지만 자신에게 전할 말이 있으리라곤 예상을 못했다. 양소와 팽사적도 그 비슷한 이유로 소동의 다가섬을 제지하지 않았다.

그녀가 물었다.

"도련님, 무슨 일이죠?"

"이거요. 이걸 전해주랬어요."

소동이 쪽지 한 장을 그녀에게 건넸다. 그녀는 혹시 하며 쪽지를 펼쳐 봤다.

꼬리를 달지 말고 혼자 오도록!

작성자의 이름은 적혀 있지 않지만 이것을 누가 보냈는지는 생각하고 말 게 없다. 그녀는 소동을 돌아보며 물었다.

"누가 이걸 보냈지요."

"저기, 저기 계시는 어른들이요."

소동이 은행나무 아래 장기를 두고 있는 오십 대 촌노들을 가리켰다.

"하면 저는 그만 갈게요."

말을 마친 소동은 잽싸게 어디론가 뛰어갔다. 쪽지를 전해 주는 대가로 엽전 한 냥을 받았던 터라 아주 신이 나 있었다.

"양 대주와 팽 교관은 수하들과 함께 여기서 대기하세요. 야랑은 늦게 온 것이 아니라 먼저 와서 우리를 감시하고 있었던 거예요."

소유진은 대기의 명을 전하곤 혼자서 은행나무로 걸어갔다.

"아!"

그녀는 은행나무에 거의 도착해서야 야랑의 존재를 파악했다. 왼쪽 평상 자리에 앉아 장기를 두고 있는 촌노, 바로 그자였다. 변장을 너무 잘한 터라 이렇게 가까이 접근하지 않았다면 그녀도 몰랐을 것이다.

장기판 옆자리에 소유진이 도착했다.

촌노들은 그녀의 다가섬을 모를 정도로 장기에 골몰해 있다.

그녀는 장기판을 내려다보며 왼쪽 촌노에게 말했다.

"상으로 차를 잡고 장군을 부르세요. 외통수입니다."

"이잉? 이건 또 뭐야!"

외통수 훈수에 걸린 오른쪽 촌노가 부릅뜬 눈으로 소유진을 쳐다봤다.

왼쪽 촌노는 그러거나 말거나 그녀의 훈수대로 상으로 차를 잡고 장군을 불렀다.

"자, 장일세!"

오른쪽 촌노가 상기된 얼굴로 벌떡 일어났다.

"젠장! 오늘따라 예의 없는 연놈들 투성이네! 내 더러워서 안 한다!"

성난 음성을 끝으로 오른쪽 촌노가 장기판을 확 흩뜨려 놓고 현장을 떠났다.

소유진은 그 촌노가 앉았던 자리에 앉아 장기판을 새로이 정렬했다.

"자, 그럼 이제 저랑 한판 둘까요."

"……"

촌노, 야랑은 그녀의 말에 묵묵히 장기판의 기물을 포진시켰다.

양측 모두 장기판의 포진이 완성됐다.

소유진이 선공이다.

그녀는 졸을 한 칸 옆으로 움직이며 말했다.

"변장하는 재주는 어디에서 배웠지요? 사망탑에서 그런 수업은 받지 않은 것으로 아는데……"

"배운 재주가 아니지. 나 같은 삼류들은 생존하기 위해서라면 무엇이든지 할 수 있어야 하지."

"삼류라… 하!"

소유진은 실소에 이어 차를 진출시켜 졸을 잡았다. 바로 옆 칸에 졸이 있으니 자살행위이다.

"그건 육추성을 두 번 죽이는 말이군요. 아니, 그리고 보니 세 번 죽이게 되는 것인가?"

세 번이라는 말에 야랑이 장기판을 내려다보던 시선을 그녀에게 돌렸다.

"당신이 구룡각에 잠입한 것을 알고 있어요. 그 때문에 우리가 상당히 골치 아팠지요. 경고하는데 앞으로는 우리의 허락 없이 독단적으로 움직이지 마세요."

"너희는 내게 그런 말을 할 자격이 없어. 너희는 청부를 했고 난 그 청부를 완수하면 그만이야. 내가 무엇을 하던 그건 전적으로 내 자유야."

야랑의 말에 소유진은 가늘게 한숨을 내쉬었다.

그녀의 마음대로 안 되는 대상. 동심맹이란 조직에 맞서고도 처음부터 끝까지 조금의 주눅도 없다. 청부자와 살수로 만난 관계가 아니라면 정말로 여인의 심정으로 상대하고픈 남자이다.

"그리고 그딴 소리 듣자고 이 자리에 나온 게 아냐. 본론으로 들어가. 두 번째 청부 대상은 누구야?"

야랑의 무정한 음성이 그녀를 일깨웠다.

그녀는 좀 전의 표정을 지우며 사무적으로 말했다.

"알았어요. 당신이 원하는 것을 지금 주죠."

그녀는 장기판 위에 밀지 한 장을 내려놓았다.

청부 지시서다,

야랑은 그 밀지를 들어 조용히 펼쳐봤다.

청부 일시 : 십일월 십칠 일 미시.

청부 장소 : 낙양 성겁산장 측성대(測聖坮).

청부 대상 : 해당 날짜, 해당 장소, 해당 시각에 청색 경건(頸巾)을 목에 두른 인물.

청부 주의 : 저격이 무산되면 야랑은 즉시 자진할 것. 이 경우 동심맹은 야랑의 존재에 대해 전면 부인할 것임.

내용을 읽어본 야랑은 소유진을 힐끗 쳐다봤다.

청색 목도리를 두른 인물.

청부 대상이 모호하다. 이것만으로는 표적이 누구인지 알 수가 없다.

소유진의 추가 설명이 뒤따랐다.

"십일월 십칠 일은 쟁금법 말소 시한, 즉 무림맹 발족 삼십 일을 앞둔 날이죠. 쟁금법을 처음 주창하신 무림일성 군자성 대협이 미수연을 맞이하는 날이기도 하는데 그날, 정사파의 책임자들이 즉성내 연회에서 무림맹주 선출의 방법을 놓고 최종적인 합의를 하게 되죠."

무림일성 군자성은 정파와 사파에서 유일하게 동시 존경받는 위인이다. 군자성은 정파와 사파의 이분 논리를 배척하고 한평생 협객의 길을 걸었으며, 무력을 앞세워 위세를 부리지도 않았고 명성을 내세워 재산을 축적하지도 않았다. 약자에게는 어질고 강자에게는 단호하니 군자성은 무림의 살아 있는 부처요, 현존하는 노자라고 할 수 있다. 정파와 사파의 전면전을 방지한 쟁금법이 합의된 것도 군자성이 직접 주재했기에 가능했던 일이다.

무림에서 활동하지 않았지만 야랑도 군자성에 대해서는 잘 알고 있다. 민간에서도 늘 화제의 인물이 될 정도로 군자성은 명성이 대단했던 사람이다. 다만 청부 대상이 모호한 작금의 상황에서 군자성이란 인물은 그에게 상당히 불편하게 다가온다. 만에 하나 군자성이 표적이라면 그는 청부에 성공한들, 그 후속 파장으로 인해 무림에서 제대로 살아갈 수 없을 것이다.

야랑이 확인 차원에서 소유진을 노려봤다.

소유진은 씁쓸히 고개를 저었다. 그의 눈빛에 담긴 뜻을 알고 있는 것이다.

"그렇게 쳐다보지 마세요. 저격 대상에 대해선 나 역시 아직 몰라요. 거기에 대해서 아는 사람은 오직 천기당주와 동심맹주님뿐이에요."

표적에 관해선 청부 당일까지 철저히 기밀에 붙인다. 다시 말해 그만큼 무림에서 중요한 존재라는 것이다.

추궁하는 듯한 그의 눈빛이 계속되자 소유진이 말을 돌렸다.

"당신은 앞으로 청부 기한의 날까지 우리와 계속 접선을 해야 돼요. 우리가 당신을 성검산장에 안전히 잠입시킬 것은 물론, 측성대 미수연에 참석할 위장 신분도 만들어줄 거예요."

접선. 안전한 잠입. 위장 신분.

그녀의 이 말은 곧 야랑의 청부 행위를 직접 관리하겠다는 뜻이다.

야랑은 청부 지시서를 가슴속에 넣고 말했다.

"천만에. 더 이상의 접선은 없어. 잠입도 내 힘으로 할 것이고 신분도 내가 준비할 거야."

이번엔 그녀가 반발했다.

"당신 혼자 힘으로 청부를 수행한다는 것은 자살행위와 진배없어요. 그곳은 정사파의 단체장들이 총집결하는 곳이에요. 성검산장에 포진하는 정예 무인만 최소 일만 명에 이를 거예요."

"내 말을 아직 못 알아들었군. 너희의 역할은 이제 끝났어. 그만 돌아가."

싸늘한 말과 함께 야랑이 장기판의 차를 들어 상대 진영의 왕을 잡아냈다.

소유진은 감정이 담긴 시선으로 야랑을 쳐다봤다.

"당신은 죽게 될 거예요."

"……"

"지금이라도 늦지 않았어요. 우리의 도움을 받으세요."

"……"

"청부에 실패하면 우리는 당신을 구명해 주지 않을 거예요."

"……"

소유진이 무슨 말을 하든 야랑은 답하지 않았다.

축객령이다.

그녀는 짧게 한숨을 내쉬곤 자리에서 일어났다. 그녀가 대안탑으로 걸어갈 때 그의 음성이 다시 들려왔다.

"그냥 가면 안 돼. 너희는 첫 번째 청부의 약속을 지켜야 돼."

궁마 저격에 성공하면 풍월관의 식구들을 풀어주겠다는

약속.

야랑은 지금 그것을 말하고 있다.

그녀는 뒤돌아보지 않고 걸어가는 동작 중에 답했다.

"물론 약속은 지켜요. 하나 거래를 할 때 풀어준다고만 했지, 기일은 명시하지 않았죠. 풍월관 식구들은 당신이 두 번째 청부의 현장에 나타날 때 풀어줄 거예요."

"웃기는군. 지들 멋대로야."

야랑의 비꼬는 음성이 들려온다.

그녀도 그의 심정을 모르는 것이 아니다. 조금 전 그녀의 말은 말장난이나 다름없다. 일차 청부를 그가 완수했으니 풍월관 식구들을 인질로 잡아두고 있을 명분이 없다.

"미안하지만 나도 어쩔 수 없어요. 최종 결정권자는 내가 아니니까요."

그녀의 이번 말은 혼자만 들을 수 있을 정도로 음성이 낮다.

굳이 이렇게까지 할 필요가 있을까.

그녀의 솔직한 심정으론 항명해서라도 야랑과의 약속을 지켜주고 싶다. 그리고 더 솔직한 심정으로는 야랑과 더는 적으로서 부딪치고 싶지 않다.

*　　*　　*

야랑은 소유진과 접선을 끝낸 후에 바로 현장에서 사라졌
다.

그가 그렇게 잠적하자 소유진은 현장의 뒷정리를 양소에
게 맡기고 팽사적과 함께 먼저 총단으로 떠났다. 잠시 후 양
소 역시도 현장에 남은 천기당의 무인들을 해산시키고 자은
사를 빠져나갔다.

자은사를 나온 양소는 장안으로 향하는 관도에 올라 천천
히 걸었다. 자은사로 올 때 말을 타고 왔지만 지금은 가슴이
답답해 그냥 걸어가고 싶었다. 사실 그는 대안탑에 대기하고
있을 때부터 줄곧 마음이 무거웠다. 야랑이란 존재 때문이었
다.

신강의 전우들에게 야랑이 특별했듯 양소에게도 야랑은
남과 달랐다. 직위는 그가 훨씬 높았지만 그는 불휘곡 전투
이후 야랑과 격의 없이 지냈고, 때론 야랑을 상관처럼 받들
정도로 우대했다.

신강의 불휘곡 전투가 떠오른다.

그때 양소는 신마교의 무인들에게 포위되어 죽음 직전의
상황에 부닥쳤다. 그래서 적의 손에 목이 잘리기보다 스스로
삶을 정리한다는 생각에 칼날을 입에 물었는데 그때 야랑이
기적처럼 그의 눈앞에 나타났다.

"대주님, 혼자서는 적진을 돌파하기가 힘들겠지만 둘이 되면 다릅니다. 자, 제가 전위를 열겠습니다. 대주님은 후방을 맡으십시오."

그날 양소는 야랑과 함께 이백 명도 넘는 적병을 처단하며 적진을 돌파했다. 탈출에 성공하고 아군의 진영으로 복귀했을 때 둘은 피로 뒤덮인 서로의 모습을 쳐다보며 미친 듯이 웃었다.

야랑은 그때 이렇게 말했다.

"대주님은 이제 내게 빚을 하나 진 겁니다. 언제인가 돌려받을 테니 반드시 살아남아 고향으로 돌아가십시오."

빚. 생명의 빚.

양소는 그 빚을 이제껏 가슴에 소중히 담아두고 살아왔다. 강호에서 야랑을 다시 만날 기회가 있다면 그 보상이 무엇이 되든 반드시 갚겠노라고 다짐도 했었다.

하지만 다짐과 다르게 현실은 냉엄했다. 야랑을 다시 만나게 되었음에도 그는 그 빚을 갚을 수 없는 처지에 있었다. 그는 명령을 받들어야 하는 동심맹의 무인. 야랑을 도와준다는 것은 곧 조직을 배신하게 되는 일이었다.

"자객은 용도가 끝나면 청부자의 부담으로 남게 돼. 동심맹은 결국 야랑을 죽이게 될 거야."

자세한 내막은 모르지만 야랑은 지금 동심맹 권력자들의 계략에 이용되고 있었다. 야랑의 능력이 아무리 출중해도 그들을 상대해서 살아남을 수는 없었다.

야랑을 도와줄 수도 없고, 조직을 배신할 수도 없다. 양소는 답이 보이지 않자 걸어가는 내내 한숨을 푹푹 내쉬었다. 그리고 그렇게 걷다 보니 어느덧 장안 저자의 입구에 다다랐다.

"응?"

저자 안으로 들어오며 양소는 문득 눈매를 찌푸렸다. 심란한 심정에 경계를 하지 않고 걸었는데 이제 보니 누군가가 그의 뒤를 따라오고 있었다. 언제부터 따라왔는지는 모른다. 다만 그의 걸음에 보조를 철저히 맞추어 움직이고, 나아가서는 호흡까지도 일치시키며 따라붙는 것으로 보아 이 방면의 전문가라는 것은 의문의 여지가 없었다.

양소는 등 뒤의 추적자가 숨지 못하도록 저자 중앙으로 걸어갔다. 그리고 어느 순간 걸음을 멈추었다. 뒤로 돌아 추적자를 확인할 생각인데 바로 그때 귀에 익은 남자의 음성이 들려왔다.

"대주님, 돌아보지 마십시오."

이 음성. 양소가 어찌 잊을 수 있을까.

"야랑?"

"네, 야랑입니다."

"아!"

양소는 어깨를 가늘게 떨었다. 신강을 떠난 이후로 이렇게 지척 거리에서 야랑의 음성을 듣기는 처음이다.

"대안탑에서 대주님을 보았습니다. 당신이 왜 거기에 있는 겁니까?"

"……"

"동심맹에서 대주님을 부른 겁니까? 만약 그렇다면 당장 양가장으로 돌아가십시오."

양소는 뒤로 돌아보고 싶은 것을 억지로 참으며 물었다.

"그건 경고인가?"

"부탁입니다. 저는 대주님을 죽이고 싶지 않습니다."

죽음을 거론한다는 것은 야랑 역시 이 청부의 결과에 대해 알고 있다는 뜻이 된다.

"그럴 수 없다. 난 명을 받은 무인이다. 상부의 명에 거역하면 나뿐만이 아닌 양가장에도 그 화가 끼치게 된다."

"……"

"야랑, 내가 오히려 너에게 부탁하고 싶다. 무슨 사연인지 모르겠지만 이 청부를 당장 중단하고 북방으로 달아나라. 동심맹주가 이 청부에 깊이 관여되어 있다. 청부를 완수한들 그 사람은 너를 절대로 살려두지 않을 것이다."

"중단할 수 없습니다. 아니, 이젠 내가 이 청부를 멈추지 않을 겁니다."

"왜?"

"청부를 진행함에 나를 속인 것은 얼마든지 참을 수 있지만, 내 가족의 삶을 해친 것은 절대로 용서할 수 없습니다. 목적이 무엇이든 상대가 누구이든, 난 반드시 이 청부의 죗값을 받아낼 것입니다."

"그래서 어쩌자는 건가? 동심맹을 상대로 일인 전쟁이라도 벌일 셈인가?"

"그래야 한다면……."

야랑의 대답이 중간에서 끊겼다. 인적의 느낌도 갑자기 사라졌다.

양소는 뒤로 돌아섰다.

예상대로 야랑의 모습은 보이지 않았다.

대신 땅바닥에 급히 휘갈긴 글이 적혀 있었다.

사즉전(死卽戰)!

죽기를 각오하고 싸운다!

야랑의 결기를 담은 글이었다.

또한 이 글은 신강의 전장에서 중무단이 내건 전투 구호이기도 했다.

그 글을 본 양소는 이제 진로를 두고 심각히 고민하기 시작했다.

야랑과 동심맹.

그의 인생에서 이보다 더 선택이 어려운 갈림길은 없었다.

4장

덕성(德性)의 검사

　담사연은 이차 청부를 접수한 후, 예당천 주변에 은신처를 마련했다. 그는 그곳에서 낮에는 수연교 공사에 매진했고 밤에는 장안의 저자로 나가 이차 청부를 대비한 정보 조사와 그에 따른 작전을 준비하였다.

　수연교 공사와 청부 준비에 육체와 정신이 지칠 때면 그는 이추수에게 전서를 적어 보냈다. 그녀는 그때마다 밝고 따뜻한 글로 격려의 답장을 보냈고, 그러면서 그의 청부에 조력자가 될 터이니 꺼리지 말고 도움을 요청하라고 하였다. 그는 그녀의 그런 마음만 가슴에 담고 도움은 정중히 사양했다. 앞으로는 무엇을 하든 혼자 할 것이고 결과 역시 혼자 책임진다는 생각이었다.

시월 삼십 일. 이차 청부 접수 십사 일.

흐르는 시간 속에서 수연교 공사는 빠르게 진척됐다. 그는 암석을 잘라 예당천으로 옮겨 왔고 그것을 깎고 다듬어 석교의 주춧돌과 지지돌을 세웠다. 그리고 벽돌을 빚어 주춧돌과 지지돌 사이의 석교 구조물을 차례차례 만들어 나갔다.

설계도 없이 무작정 시작한 공사이다. 형체를 서서히 갖추는 석교의 모습을 보며 그는 자신이 도편수로서 천부적 자질을 소유했던 것이 아닌지 진지하게 의심해 보기도 했다.

이런 속도로 진행된다면 올해가 끝나기 전에 가시적인 결과를 만들어 낼 수 있다. 그래서 그는 이왕이면 청부 기한 내에 석교의 하부 구조물을 완성시킨다는 각오로 더욱 공사에 매진했다.

십일월 육 일. 이차 청부 접수 이십 일.

수연교 공사를 잠정적으로 중단해야 할 변수가 생겼다. 마상담이 그를 찾아 수연교 공사장으로 온 것이다.

마상담의 방문은 궁마의 쪽지에 적힌 대상을 찾는 일에 성과가 있다는 뜻이었다. 이는 최소 오십 일은 소요되리라 여겼던 담사연의 생각보다 한참 빠른 시점이었다.

마상담은 이 점에 대해 이렇게 이야기했다.

"이름만 적혀 있었으면 찾는 것 자체가 어려웠을 거야. 하지만 그 쪽지엔 이름과 나이, 지역이 같이 적혀 있었지. 따라서 그것들을 종합해 조사하면 시간이 문제였지, 찾는 것은 그다지 어려운 일이 아니었어."

예상보다 빠른 시간에 성과를 낸 점에 대해서는 또 이렇게 말했다.

"찾는 시간을 줄이는 방법은 쪽지의 내용에 공통된 단서를 더 추가하는 거야. 그래서 일단 하나를 골라 집중적으로 조사했어. '유월 육 일 섬서 육십육 번 십삼 세 시원', 그 시원이라는 대상이었지. 섬서는 마가 집편장의 관할 구역이기에 집편장의 조직을 총동원하여 나흘 만에 찾아냈어. 이름은 송시원. 거주지는 장안 인근의 송학 마을. 모친은 송학 마을에 거주해 있고, 부친은 오래전에 타지로 나가서 생활하고 있다고 하는데 부친의 신분에 대해서는 현재 조사 중이야. 눈여겨볼 점은 시원이라는 그 여자아이가 사 개월 전에 실종되었다는 거야. 이 경우 실종은 유괴라고 봐도 무방해."

"유괴?"

유괴라고 단정하는 근거는 마상담의 이어지는 말속에 담겨 있었다.

"시원에게서 찾은 실종이라는 단서를 궁마의 쪽지에 적힌 대상들에게 공통적으로 적용시켜 보았지. 그랬더니 대상자들의 지역 집편장에서 연락이 바로 오더군. 그렇게 이 사안을 확인하기까지는 열흘이 채 걸리지 않았어."

불과 열흘 만에 쪽지의 대상자들을 찾아냈다. 마상담의 전문적인 조사 방식에 담사연은 감탄을 하지 않을 수 없었다. 그가 혼자 알아보려고 했다면 열흘은커녕 백 일이 걸려도 제대로 알아낼 수 없었을 것이다.

그리고 마상담이 가지고 온 정보는 그뿐만이 아니었다. 유괴라고 단정했던 말에서 보듯 마상담은 그를 놀라게 하는 다른 정보까지 파악해 두고 있었다.

"쪽지에 적힌 대상들을 찾은 후에 그들의 신변을 재조사해서 공통적인 또 다른 단서를 찾아봤지. 그랬더니 한 가지 의미심장한 결과물이 나오더군."

"그게 뭐지?"

"현음지체."

어려서부터 형의 병세를 돌보며 살았기에 담사연도 사람의 체질을 나누는 의가의 기초 이론은 숙지되어 있었다. 천성적으로 음기가 강한 체질을 소음인 또는 태음인으로 구분하는데 현음지체는 그중 여성으로서 음기가 십 대 시절에만 강하게 나타나는 특이한 체질을 말한다. 스무 살이 넘으면 현음의 기운이 사라지기에 현음지체의 여성은 자신이 그러한 체질인 줄도 모르고 살아가는 경우가 대부분이다.

"현음지체가 대단히 희귀한 것은 아니잖아? 무림인들이 신봉하는 천재적 자질과도 거리가 멀고."

"물론 네 말처럼 큰 의미는 없어. 소음인이나 태음인 중에 삼 할 이상이 그런 체질적 기운을 가지고 있어. 그래서 무림인들이나 현음의 기운을 주장하지, 의가에서는 실제 그런 체질을 구분해 두지도 않아. 문제는 궁마가 현음지체의 여자아이들을 직접 관리했다는 거야. 궁마는 현음의 기운과 상극인 현양진기를 소유한 무인이야. 왜지? 현양의 기운과 상관이 없거늘 궁마는 왜 현음의 여성들을 그렇게 납치까지 해서 비밀스럽게 관리했지?"

확실히 의문스럽다. 여아 납치를 중범죄로 여기는 것에는 정파와 사파가 따로 없다. 무공 증진에 도움도 되지 않거늘 궁마가 꼭 그렇게 명성에 금이 가는 위험한 짓을 벌여야만 했는가.

사건의 해답에 접근하는 마상담의 말은 계속됐다.

"의문 중에 또 다른 의심이 생기더군. 과연 납치된 이들이 그들뿐일까 하는 거였지. 그래서 대륙의 모든 집편장에 같은 조건의 사안으로 조사를 하라고 연락해 보았지. 그랬더니……."

"그랬더니?"

"현재까지 그렇게 실종된 대상만 칠십 명이 넘어. 지금 이 순간에도 계속 신고가 들어오고 있지. 추측하건대 올해 실종자만 백 명을 넘길 거야."

백 명 이상의 실종. 이것만으로도 강호인들의 지탄을 받을 일이건만 마상담의 이어지는 말은 그 정도 수준에서 그치지 않았다.

"그 사실을 알았을 때 난 분노에 앞서 더 큰 의심이 생기더군. 강호에서 궁마가 활동을 중단했던 기간은 최소 오 년이야. 그래서 이 실종 사건과 같은 조건으로 오 년간의 여아 실종자들을 전부 조사해 보라고 대륙의 집편장에 연통을 넣었지."

"하면 더 있다는 거야?"

그의 되물음에 마상담은 심각히 굳은 얼굴로 답했다.

"삼백육십칠 명. 그것도 집편장을 통해 직접 알아본 대상에 한해서야. 신고되지 않은 실종자까지 포함하면 오백 명은 충분히 될 거야."

"미친놈들! 대체 왜!"

그는 화난 음성을 왈칵 토했다. 사건은 이제 그가 처리하기 벅찰 정도로 확대되었다. 이 사건이 세상에 알려질 경우 무림은 그야말로 발칵 뒤집히게 될 것이다.

"그간 실종 사건이 세상의 화제가 되지 못한 것은 대상자의 대다수가 못 배우고 가난한 일반인의 여식이었기 때문이야. 사는 게 너무 힘들어 딸의 실종을 신고조차 하지 않은 사람이 대부분이었지."

궁마의 쪽지에서 비롯된 마상담의 결과 보고는 그 정도에서 일단락됐다.

담사연은 처음의 의문이야 조금 풀렸지만 그 원인이 되는 문제를 생각하자니 머리가 아플 정도로 혼란스러웠다.

"궁마는 대체 무슨 짓거리를 한 거지? 명색이 사중십마의 한 존재이거늘 인신매매 같은 비열한 짓거리는 하지 않았을 것 아냐?"

가슴이 답답해서 자신도 모르게 나온 말이었다. 그런데 그의 이 말에 마상담은 묘한 미소를 보이며 대답했다.

"그래서 내가 그 짓거리를 밝히고자 직접 이곳으로 왕림했지."

"응?"

마상담의 말이 의미심장하게 들린다. 내막을 파헤칠 실마리를 잡았다는 거다.

"그간 나도 너와 같은 의문으로 골머리가 매우 아팠어. 그런데 어제 아침, 산서 집편장에서 아주 의미가 깊은 연락이 왔어."

"뭔데?"

"실종자 중의 하나. 그러니까 우리가 처음으로 조사했던 송시원과 용모와 나이가 비슷한 여자아이가 대략 보름 전에 쪽지를 작성해 외부로 연락했다는 거야. 그 과정은 잘 모르지만 쪽지를 건네받은 지역의 화훼(花卉) 상인이 산서의 집편장에 그것을 넘겼는데 내용은 이러해."

아버지! 도와주세요!

저 시원이에요.

이곳은 너무 춥고 덥고 무서워요.

나쁜 사람들이 내 옷을 벗겨서 마구 괴롭히고 있어요!

"열세 살 여자아이가 작성한 글이야. 내용이 모호한 것은 감안해야 돼. 중요한 것은 실종자들의 일부가 아직 살아 있다는 점이지."

마상담의 말처럼 이건 확실히 큰 도움이 되는 정보다.

그는 바로 물었다.

"화훼 상인이 쪽지를 받은 곳은 어디이지?"

"산서성 남부 화음. 가을꽃 명승지로 알려진 지역인데 그곳 부용화원 안에서 소녀의 쪽지를 건네받았다고 했어."

"화음? 부용화원? 거기에도 무림의 문파가 있어?"

"화문당이라고 화음의 가을꽃을 상업적 용도로 관장하는 정사지간의 무림 단체가 하나 있어. 다만 직접 찾아가서 눈으로 확인하기 전에는 이 사건과 그들의 연관성을 장담하지 못해."

"흠."

담사연의 생각도 마상담과 다르지 않았다. 확인을 하려면 그곳에 가보는 수밖에 없었다. 이차 청부의 날은 아직 열흘이 남았다. 서둘러 움직인다면 그날 전에 이 사건의 실체에 대해 알아볼 수 있을 것이다.

결정을 내린 그는 작업복을 흑의로 갈아입고 전투 병기를 바랑에 담았다. 그러던 중 문득 마상담의 모습을 훑어봤다. 녀석은 지금 신강의 전장에서 입고 다녔던 그 무복 차림에 칼까지 요대에 걸어두고 있었다.

마상담이 씩 웃었다.

"킬킬, 이런 중요한 임무에 내가 빠질 수는 없지. 우리 오랜만에 실전의 맛을 느껴보자고!"

"……."

그는 눈매를 찌푸렸다. 마상담의 도움을 받는 것은 여기까지다. 화음으로의 동행은 절대로 안 된다. 궁마가 개입된 일이며 동심맹 또한 관여된 일이다. 어쩌면 사중천 또는 동심맹의 무인들과 싸워야 할지도 모른다.

그는 마상담을 떨쳐낼 방법을 생각하던 중에 공사를 중단한 수연교를 돌아봤다. 한 가지 수단이 뇌리를 지나간다.

"이거 어떡하지? 화음에 가는 것보다 더 시급한 일이 있는데."

"뭐, 뭔데?"

마상담이 솔깃 하는 반응을 보였다.

그는 내심 쾌재를 부르며 수연교를 가리켰다.

"저거 말이야. 올해가 지나가기 전에 석교를 꼭 완성해야 돼."

"다리 공사가 화음 사건보다 더 중요해? 하면 이것도 너의 청부와 관련된 공사야?"

"응, 아주 중요해. 그래서 말인데… 화음엔 나 혼자 다녀올 테니 네가 나 대신 이것을 좀 완성시켜 주면 안 될까? 굳이 네 손으로 석교를 만들지 않아도 돼. 인부들을 동원해서 공사하면 될 거야."

"꼭 그렇게 해야 돼?"

마상담이 실망의 표정을 비췄다.

그는 한 번 더 강하게 말했다.

"응. 반드시 완공해야 돼. 이유는 나중에 설명할게. 내가 믿을 사람이 너밖에 없기에 이런 부탁을 하는 거야."

"뭐, 꼭 그렇게 해야 한다면야 할 수 없겠지. 대신 화음에 다녀온 이후에는 나하고 같이 붙어 다녀야 돼. 우린 이제 동업자라고."

"알았어. 동업자! 하면 나는 갈게."

그는 마상담의 마음이 변할까 싶어 말을 마치자마자 재빠르게 뒤돌아섰다.

등 뒤에서 녀석의 투덜대는 음성이 들려온다.

그는 산서 방향으로 달려가며 마음을 다잡았다.

'미안해, 마상담. 너를 내 일에 끌어들일 수는 없어.'

*   *   *

십일월 팔 일. 이차 청부 접수 이십이 일. 산서성 화음.

담사연은 가을꽃의 찬란함이 한풀 꺾이는 늦가을 시기에 화음에 도착했다.

수연교에서 화음에 오기까지 걸린 시간은 이틀이다. 더 일찍 올 수도 있었지만 화문당 잠입에 용이한 시간대에 맞추고자 의도적으로 이동 속도를 조금 늦추었다.

화문당은 화음에서도 가을꽃의 명소로 소문난 삼화공원 안에 있다. 삼화공원은 구절초, 부용, 매화 이렇게 세 가지 종류의 화원으로 꾸며진다. 구절초는 희고, 부용은 노랗고, 매화는 붉은색인데 각각의 꽃이 만발하면 삼화공원은 하늘도 땅도 그 사이의 공간도 온통 천연의 삼색으로 물든 천상의 화원 같은 광경을 연출하게 된다.

늦가을 시기이긴 해도 아직까진 가을꽃의 물결로 장관인 삼화공원이다. 하여, 낮엔 관람객이 너무 많아 잠입이 어렵고, 밤엔 시야가 좁아 누군가를 찾는 수색을 하기에 여의치 않다.

지금 시각은 묘시 말, 일출이 막 시작된 시점이다. 주변에 사람들도 없고 시계도 충분히 확보된다. 화문당의 무인들도 오늘의 일정을 시작하기 전이니 지금 시점이 잠입의 최적기라고 할 수 있다.

'놈들은 풍월관 식구들을 방면하지 않았어. 애초에 풀어줄 생각이 없었던 거야.'

그는 그간 동심맹의 청부 결과에 약간은 미련을 두고 있었다. 청부를 완수하면 인질로 잡힌 풍월관 식구와 형이 건강한 몸으로 방면되리라 기대했다. 하지만 이번의 조치로 확실해졌다. 형을 꿈속에서 만난 쾌활림주의 삶이 증명하듯 세 번째 청부는 없다. 이젠 생존 차원에서 동심맹과의 전투를 대비해야 한다.

"나를 건드린 것을 후회하게 될 거야."

청부자들에게 날릴 반격의 무기는 바로 이곳 삼화공원 안에 있다. 궁마가 여자아이들을 납치해서 벌인 일은 정파와 사파 구분 없이 전 무림인의 지탄을 받는 중범죄이다. 그 일이 동심맹의 권력자와 관련되었다는 증거를 잡는다면 그건 어떤 칼보다도 무서운 무기가 될 것이다.

삼화공원 앞에 도착했다.

가을꽃 축제가 마무리되는 시점이지만 꽃의 향연은 여전하다.

전방은 온통 하얀 꽃의 물결이며 나무와 나무 사이의 공간에선 꽃잎이 눈꽃처럼 휘날리고 있다.

'구절선원!'

화문당 본관에 가려면 삼 종의 화원을 지나가야 한다. 구절선원이 가장 외곽에 있고 이어서 매화선원, 부용선원이 차례로 형성되어 있다. 마지막에 위치한 부용선원은 송시원으로 추정되는 여자아이가 지역의 화훼 상인에게 쪽지를 건넨 곳이다.

담사연은 주변을 한 번 살펴본 후 구절선원 안으로 뛰어들어 갔다.

구절선원의 면적은 사방 이십 장 정도. 빠르게 움직이면 반각 안에 충분히 지나갈 수 있다. 그런데 그가 미처 예상 못한 문제가 발생했다. 공간에 휘날리는 꽃가루로 인해 시야가 확보되지 않는다는 것이다.

단순히 시야 확보만의 문제가 아니었다. 구절선원 안으로 들어갈수록 구절초의 현란한 개화와 공간을 뒤덮은 꽃가루에 동서남북의 방위가 파악이 안 될 정도로 시야가 현혹되고 있었다. 앞으로 달려가고 있지만 이게 정말 화문당 본관으로 향하는 직선 길인지조차 가름이 안 되었다.

이 결과는 곧 나타난다.

"이런!"

구절선원을 통과했다고 여기던 순간 그는 인상을 와락 구겼다.

제자리.

귀신이 곡하게도 원래의 지점으로 되돌아왔다.

방향을 잘못 잡은 것인가?

그는 찜찜한 심정으로 다시금 구절선원 안으로 뛰어갔다. 이번엔 환경에 영향 받지 않고 무조건 앞으로 달려간다는 생각이다. 하지만 그렇게 끝까지 달려갔다고 생각했던 그 순간 또다시 원래의 위치로 되돌아와 버렸다.

"미치겠군. 이건 대체 무슨 조화이지?"

길을 잃어버린 멍청이가 된 심정이다.

그는 마음을 단단히 먹고 세 번째로 도전했다. 이번엔 주위 사물을 주시하며 아주 천천히 걸어갔다.

그러나 무엇을 어찌하든 그는 원래의 위치로 되돌아왔다.

그는 구절선원으로 들어가는 것을 중단하고 선 자세로 심각히 생각해 봤다.

자꾸만 되돌아오는 행위.

이것은 시야가 현혹된 단순한 문제가 아니다.

진법.

종류는 모르지만 구절선원 안에 무림의 진법이 펼쳐져 있는 것이 확실하다.

공명이 육손과 싸울 때 호풍환우의 팔진도를 펼쳤다는 유명한 일화가 있다.

무림의 진법은 그것보다 더 실체화된 공간 결계이다.

'활로는 있어. 생문의 방위를 찾아야 해.'

진법의 종류도 모르거늘 진의 생문을 쉽사리 알아낼 수는 없었다. 그는 시간이 갈수록 초조해졌다. 이곳에서 무한정 머무를 수는 없었다. 조금 있으면 화문당의 무인들이 오전 일과를 시작한다. 그리 되면 전투만이 해결책이 될 뿐, 잠입과 수색은 원천적으로 불가능해진다.

'도리가 없어. 일단 돌아가서 이 진에 대해 알아봐야 해. 휴우…….'

진법 하나를 뚫지 못해 철수한다고 생각하니 새삼 자신의 능력 부족을 절감한다. 그렇게 허탈한 심정으로 돌아서고자 할 때였다.

"화선귀로진은 팔괘의 방위 속에 개화된 꽃을 배치하여 사람의 눈과 정신을 현혹하는 기문진입니다. 진의 원리를 이해하지 못한 채 그렇게 무작정 들어가면 화선귀로진을 절대 통과하지 못합니다."

백의무복을 입은 삼십 대 중반의 사내가 구절선원 안으로 걸어오고 있었다. 각진 얼굴에 눈썹은 뚜렷하고 눈동자는 맑다. 근육질은 아니지만 신체 단련을 꾸준히 한 듯 신체 어느 부분에서도 불필요한 살이 보이지 않는다. 요대에는 품격이 예사롭지 않은 장검을 걸어두고 있다.

'검을 소유했어. 무인이라면 적?'

담사연은 무엇보다 백의인의 장검에 주목했다. 적진에 들어와 있는 상황이었다. 적이라고 판단되면 바로 처리할 것이다.

그의 날 선 견제에 백의인이 손을 가볍게 저으며 말했다.

"아! 나를 견제하지 않아도 됩니다. 나도 귀공처럼 화문당에 잠입하고자 이곳에 왔습니다. 공동의 목적을 두었으니 우리는 같은 편이라고 할 수 있습니다."

'귀공처럼? 공동의 목적?'

무엇을 보고 같은 편이라 주장하는지 의문스럽다. 다만 이 시간에 몰래 나타난 사내의 모습으로 보아 일단 적은 아니라고 판단된다. 그는 백의인의 다가섬을 견제하며 물었다.

"하면 당신은 이 진을 통과하는 방법을 알고 있다는 겁니까?"

"도검을 조금 다룰 줄 안다고 하여 모두가 무림인은 아니지요. 진짜 무림인이 되려면 단전의 기를 활용함에 음양의 이치를 알고 심신을 수련함에 오행과 팔괘 속에 담긴 하늘의 뜻을 알아야지요. 그것도 모르고 도검을 든다면 그건 무림인이 아닌 인간 백정이라고 할 수 있지요."

"으음."

백의인의 말에 담사연은 뚱한 숨결을 흘려냈다. 무슨 의미로 그런 주장을 하고 있는지 도통 모르겠다.

"화문당으로 들어가려면 내 뒤를 바짝 따라오십시오. 한눈을 팔면 다시 길을 잃을 것이니 정신 바짝 차려야 할 겁니다."

백의인은 일방적으로 말을 건넨 후에 구절선원으로 유유히 걸어 들어갔다.

담사연은 사내의 뒤를 따라가긴 하지만 고마운 감정보다 불편함이 우선했다. 한눈팔지 마라. 정신 바짝 차려라. 도움 받는 것을 떠나서 애 취급당하는 것 같아 기분이 영 좋지 않았다.

훌륭한 무사는 뽐내지 아니하고, 훌륭한 전사는 성내지 아니한다.

훌륭한 승리자는 기뻐하지 아니하며, 훌륭한 고용인은 자신의 낮춤을 섬긴다.

이것을 다툼이 없는 덕이라 말하며 이것을 사람 씀의 길이라고 한다.

또한 이것을 하늘의 지고한 법칙에 일치하는 것이라고 한다.

백의인은 진법에 영향을 받지 않는 듯 걸음 중간에 도덕경의 한 구절을 읊는 여유를 보였다. 그런 사내의 뒤를 따라가는 담사연도 거북했던 처음의 감정이 점차 수그러들었다. 학문이든 무공이든 기본 실력이 탄탄하지 않으면 여유를 부리지 못한다. 사내의 여유가 이젠 강자의 의미로 다가오고 있었다.

이윽고 구절선원의 진을 빠져나왔다.

막상 진을 벗어나고 보니 구절선원의 입구가 눈에 선히 보인다. 진법의 영향으로 그렇게 멀어 보이고 또한 시야가 막혔던 모양이다.

담사연은 이제 화문당 본관 방향으로 눈을 돌렸다. 구절선원 입구에서 보았던 그 현상이 다시 나타났다. 매화선원의 붉은 꽃가루가 하늘과 땅 사이의 공간에 폭설처럼 휘날리고 있다.

"화선미로진입니다. 아무런 준비 없이 진법 안으로 들어가면 활로를 찾지 못해 진법 안에서 끝없이 맴돌게 될 것입니다. 이전의 화선귀로진보다 수준이 더 높은 상승의 진법이지요."

"이번 진법도 통과할 수 있습니까?"

"문제없습니다. 상승의 진법이라고 한들 하늘의 이치를 관통한 사람의 눈으로 보면 결국 원리는 다 같은 것에 지나지 않게 되지요."

백의인은 어렵지 않게 통과를 주장하곤 곧장 매화선원 안으로 들어갔다.

구절선원을 쉽게 통과했던 사내이다. 담사연은 그다지 심각하게 여기지 않고 백의인의 뒤에 따라붙었다.

문제가 생긴 것을 알아차린 것은 매화꽃이 만발한 매화선원의 중심부를 지나면서였다. 뒤에서 보고 있자니 사내의 발길이 자꾸만 오락가락하고 있었다. 처음엔 이것도 진법을 통과하는 과정이라고 여겼는데 그로부터 한 식경이 흘러갔음에도 사내의 걸음은 매화선원 안을 이리저리 겉돌고만 있었다.

"대협, 문제가 생긴 것입니까? 내가 보기에 우리가 아까부터 같은 곳을 빙빙 돌고 있는 것 같습니다."

"허 참, 이럴 리가 없는데, 어디서 잘못되었지……."

그의 물음에 백의인은 제자리에 쪼그리고 앉아 땅바닥에

진법의 도해를 그려보기 시작했다.

잠시 후, 사내는 어려운 문제에 봉착한 듯 끙끙대는 신음을 연방 흘려냈다.

백의인의 이런 모습. 이전에 보였던 여유로운 고수의 풍모는 어디에도 없다.

'사람을 잘못 본 건가?'

담사연은 내심 의심이 들었다. 무림 전적을 들먹이며 허풍을 떨어대는 인간들을 신강의 전장에서 수없이 만나봤다. 사내의 지금 모습은 왜인지 모르게 그런 전우들을 떠올리게 한다.

"대협, 문제가 큽니까? 하늘의 이치를 관통한 사람의 눈으로 보면 진법은 결국 원리가 다 같은 것이라고 하지 않았습니까?"

"그게 저… 그러니까… 내가 공부한 화선기문진법총요에 의하면 미로진은 팔괘의 방위 중, 칠간산과 팔곤지 사이에 생문이 있다고 하였는데 거기를 막상 찾아가 보니 책과 다르게 생문 주변에 사문(死門)이 여러 개 겹쳐서 형성되어 있더군요."

"생문 주변에 사문이 겹쳐져 있다고요? 하면 생문을 일단 통과한 후 사문의 문제를 풀어보면 되지 않겠습니까."

백의인이 곤란한 얼굴로 고개를 저었다.

"그게 쉽지 않습니다. 팔괘의 이치를 담은 화선미로진입니다. 잘못 건드려 사문을 열어버린다면 그때는 미로진이 아닌 존재를 모조리 불태우는 멸로진이 될 것입니다. 그리고 실전은 내가 처음이라서 거기까지는⋯⋯."

"응?"

백의인의 끝말이 담사연의 귀에 확 다가온다. 그러니까 이제껏 진법 공부만 했다는 거다.

"하나! 시간을 더 주면 반드시 이 진을 통과할 수 있습니다."

"언제까지요"

"술시까지 기다리면 됩니다."

술시라면 아직 한참 남았다. 그렇게 무작정 대기하고 있을 수는 없다. 진법을 파훼하지 못한다면 조금이라도 빨리 퇴각하여 이 진법에 관한 정보 조사를 하고 다시 돌아와야 한다.

"통과를 장담하는 이유가 있습니까?"

"화선미로진은 개화된 꽃무리의 복합 배치로 인간의 시선을 교란하는 것에 중점을 둡니다. 하니 꽃이 지기 시작하는 술시가 되면 화선미로진도 자연적 그 묘용을 잃게 됩니다. 우리는 그때 화선미로진을 통과하면 됩니다."

무조건 믿을 수는 없다.

백의인도 아는 사실을 삼화공원에 진법을 설치는 자들이

어찌 모를 수 있을까.

담사연은 미심쩍은 얼굴로 물었다.

"그것도 책에 적혀 있습니까?"

"어, 어떻게 아셨소? 귀공도 화선기문진법총요를 읽어보신 것이오?"

단순히 떠본 것에 불과하거늘 백의인은 눈을 휘둥그렇게 뜨곤 되물었다.

지금의 모습과 이전에 보인 고수의 풍모.

어느 것이 사내의 진짜 모습인가.

담사연은 이런저런 생각을 해보다가 일단 사내의 뜻대로 술시까지 이곳에서 대기하기로 했다.

밖으로 나가서 이 진법에 대해 알아보려면 최소한 이틀은 걸린다. 그러니 술시에 확인해 보고 여의치 않을 경우 그때 떠난다는 생각이다.

"시간이 많아 남았으니 여기서 이럴 것이 아니라 우리 저쪽에 가서 대기합시다."

백의인이 매화가 무리지어 피어 있는 꽃밭을 가리켰다.

담사연은 그 말에 동의했다.

장시간 대기하려면 어차피 몸을 은신하고 있어야 한다.

그는 매화 꽃밭으로 가서 사내와 함께 바닥에 몸을 바짝 엎드렸다.

대기 중에 사내가 문득 물었다.

"귀공도 무림인이시오?"

"……."

"기세가 예사롭지 않은데… 어느 문파의 제자입니까?"

"……."

담사연은 백의인이 무엇을 물어보든 대답하지 않았다. 관심이 없기 때문이 아니라, 괜한 인연으로 자신의 흔적을 이곳에 남기기 싫어서였다.

"그것참, 나처럼 자식이나 형제자매를 찾으려고 온 줄 알았는데 그게 아닌가……."

대답을 하지 않으려고 했건만 혼자 중얼대는 사내의 이번 말에는 담사연이 관심을 두지 않을 수 없었다.

그는 사내를 돌아보며 물었다.

"화문당에 납치된 지인이 있습니까?"

"열세 살 먹은 딸아이가 이곳에 갇혀 있다고 쪽지를 보내 왔습니다. 무공 수련을 한다고 오랫동안 집사람과 딸의 생활을 등한시했던 못난 인생입니다. 딸의 쪽지를 받아 보았을 때 그게 마음이 아파 견딜 수가 없었지요. 그래서 한달음에 사문을 박차고 나와 이곳까지 왔습니다."

열세 살 먹은 딸.

스치는 생각이 있어 담사연은 급히 되물었다.

"아이의 이름이 어찌 됩니까? 혹시 송시원입니까?"

"귀공이 내 딸의 이름을 어찌 알고 있습니까?"

백의인이 흠칫하며 담사연을 묘하게 쳐다봤다.

일을 복잡하게 만들면 안 된다. 담사연은 서둘러 말을 얼버무렸다.

"시원이라는 아이가 화훼 상인을 통해 집편장으로 쪽지를 적어 보낼 때 내 막냇동생도 같이 연락을 보냈지요. 그래서 저도 화문당에 온 겁니다."

"아하!"

백의인이 밝아진 안색으로 담사연의 어깨를 툭 쳤다.

"그럴 줄 알았습니다. 내가 원래 사람 보는 눈이 좀 있거든요. 우리는 같은 편이니 통성명이라도 하고 지냅시다. 나는 호북에서 창룡도관을 열고 있는 무당파 속가제자……."

신분을 밝히는 사내의 말을 담사연은 전부 듣지 못했다.

그럴 수밖에 없었다.

지금 이 순간 제삼의 인물이 매화선원 안으로 뛰어오고 있었다. 그냥 단순히 들어오는 것이 아닌 매화선원을 완전히 갈아엎으며 달려오고 있었다.

콰콰콰콰!

제삼의 인물은 붉은 복장의 중년인이다. 홍의인이 달려가는 주변의 꽃나무들은 모조리 잘리고 또 부서지고 있다.

'혈마 소적벽!'

담사연은 그자의 정체를 바로 알아냈다.

궁마나 단화진보다 더 강했던 인물.

구룡각에서 부딪쳐 본 바로 그 홍의인이었다. 그는 구룡각 잠입 이후로 홍의인에 대해 나름의 조사를 해봤다. 홍의인은 산동의 도살자라고 불리는 삼주혈마 소적벽이었다.

한편, 혈마의 느닷없는 출현도 놀라운 일이지만 그보다 더 중요한 사안이 있었다. 매화선원에 들어온 소적벽이 화선미로진에 영향을 받지 않고 부용선원 방면으로 그냥 달려가 버린 것이다.

담사연이 백의인에게 물었다.

"저 사람은 화선미로진을 어떻게 통과한 것입니까?"

"아! 그거요……."

홍의인의 출현에 멍을 때리고 있던 사내가 정신을 뒤늦게 차리곤 대답했다.

"파진법입니다. 진의 생문을 찾을 수 없으니 진법 그 자체를 깨뜨려 버리며 달려 나간 겁니다."

"파진법? 그게 가능합니까?"

"이론적으로는 내공이 노화순청에 이르면 가능합니다. 하나, 그런 인물이 실제 내 눈앞에 나타났다니 실로 믿기지가 않습니다. 귀공께서는 저 사람이 누구인지 알고 있습니까?"

담사연은 대답 대신 엎드린 자세에서 일어났다. 그리고 바랑을 열어 각종의 전투암기를 꺼내 몸에 착용했다. 오른쪽 요대엔 자모총통, 왼쪽 요대엔 철검, 등에는 칠채궁, 왼쪽 손목에는 지주망기, 왼손 약지에는 탄지금, 양쪽 어깨에는 적멸기선을 장착했다. 마지막으로 장착한 적멸기선은 그가 소유한 암기 중에 자모총통을 제외한 최강의 살상 무기이다. 자모총통이 그랬듯 적멸기선 역시 광마를 저격 척살하고 습득한 신마교의 암기이다.

담사연의 무기 장착을 본 백의인이 눈을 둥그렇게 뜨고 물었다.

"후아, 그게 다 뭡니까? 아니, 지금 뭐하시는 겁니까?"

전투 무장하는 모습을 지켜보고 있었거늘 뭐하느냐고 묻는다.

담사연은 실소를 비치며 말했다.

"홍의인이 진을 깨뜨렸습니다. 그러니 굳이 술시까지 기다릴 필요가 있겠습니까?"

"하나 그러다가 놈들에게 발각되면……."

"우리 잘못은 아니지만 이미 발각되었습니다. 이젠……."

담사연은 매화선원으로 돌아서며 말을 이었다.

"우리도 싸워서 길을 뚫는 방법밖에 없습니다. 참, 무당파의 제자라고 말하신 것 같은데 칼질은 좀 하십니까?"

"칼질?"

백의인은 담사연의 저급한 무림 용어를 선뜻 알아듣지 못했다. 그러다가 무슨 뜻인지 뒤늦게 알고는 대뜸 허리의 검을 빼 들었다.

"물론이오. 본인은 현명진인의 검을 이어받았소이다. 그분의 창명검법이면 화문당의 적도들은 감히 대적할 생각조차 못할 것이오."

현명진인이 누구인지, 창명검법이 무엇인지 모른다. 백의인이 그의 적진 돌파에 방해가 안 될 정도의 무력을 소유했기를 바랄 뿐이다.

"자, 그럼 갑시다!"

그는 말과 함께 매화선원 안으로 뛰어들었다.

"이, 이보시오! 준비도 없이 그렇게 들어가면……."

우물쭈물하던 백의인도 곧 담사연의 뒤를 따라 달려갔다.

*　　　*　　　*

전투.

생존의 전투.

살기 위해서 무조건 적을 죽여야만 하는 처절한 전투.

신강에서 겪었던 그 끔찍한 전투의 징조를 그가 느낀 것은 매화선원의 중심부를 지나면서이다.

사방은 온통 매화 꽃잎.

하늘도 땅도 그 사이의 공간도 모두 붉다.

공간이 붉은 것은 매화꽃의 영향만이 전부가 아니다.

'피!'

매화꽃이 휘날릴 때마다 혈향이 진동하고 있다.

낮은 바람이 분다.

매화 꽃잎이 바람에 휩쓸려 나가며 공간 여기저기에서 시체가 모습을 드러낸다.

선혈이 낭자한 시신.

누구의 짓인지는 어렵지 않게 알 수 있다.

'소적벽!'

하지만 그를 곤혹케 하는 것은 혈마의 무력 때문이 아니다.

혈마에 맞선 시신들의 정체다.

그들은 죽는 순간까지 병기를 움켜잡고 있다. 어떤 시신은 내장이 삐져나온 모습이 되어서도 공격 자세를 유지하고 있다.

'어떤 단체이지?'

그가 알기로 화문당은 지역의 화원을 관리하는 약소한 무림 단체이지, 무력을 앞세워 활동하는 강성 문파가 아니다. 무력이 강성한 문파였다면 강호에 진즉 이름을 알렸을 것이다.

하지만 시체의 모습을 보면 이들은 전문적인 무림인이다.

그들의 개인 무력이 어느 정도인지는 곧 알게 된다.

'살기!'

휘날리는 꽃가루 속에서 등골을 오싹하게 하는 한기가 전해져 온다.

파파팟!

전방의 땅, 매화 꽃잎으로 뒤덮인 바닥에서 흑의인 셋이 칼을 들고 뛰쳐나온다.

공격을 함에 기합도 없고, 표정 변화도 없다.

그들은 감정이 말살된 강시 같은 모습으로 그에게 곧장 달려와 칼을 휘두른다.

"흥!"

그러나 그들의 공격 이전에 그들의 살기를 간파해 낸 담사연이다.

팟!

그의 손이 왼쪽 요대로 돌아간다 싶은 순간 한 줄기 빛이 전방의 공간을 가른다.

월광 초식의 발휘이다.

흑의인 셋이 칼을 휘두르는 모습 그대로 동작을 멈춘다.

죽음에 이를 때 표정 변화는 없지만 눈빛의 변화는 있다.

자신들이 죽어야 하는 이유를 모르는 불신의 눈빛이다.

휘우우우웅!

바람이 분다. 매화 꽃잎이 공간을 자욱이 뒤덮는다.

자연적인 것이 아니다. 인위적인 현상이다.

'좌측!'

담사연의 철검이 좌측의 꽃잎 방향으로 휙 지나간다.

"크윽!"

장검을 소지한 자색 복장의 무인 두 명이 짧은 비명과 함께 쓰러진다.

'같은 소속의 무인이 아냐? 이들은 또 누구지?'

연속해서 적을 상대한 담사연은 이 순간 다시금 의문에 사로잡힌다.

흑의인들이 살수 같은 모습이었다면 자의인들은 검공 수업을 체계적으로 받은 검사의 모습을 보였다.

월광으로 백의인들을 쓰러뜨렸을 때 그들의 장검과 월광의 충돌이 잠깐 있었다. 그때 그의 손목은 아프도록 저렸다. 장검의 반발력이 대단했다는 것. 상대의 내공이 그만큼 강했다는 뜻이다.

휘웅! 휘우우우웅!

피 냄새가 스민 바람이 다시 불어온다.

이번엔 좌우측에서 동시에 몰려오는 꽃잎 바람이다.

그의 좌우는 곧 매화 꽃잎으로 새빨갛게 뒤덮인다.

'소수가 아냐. 최소 스무 명!'

월광은 정확한 살초로써 적을 처단하는 검법이지, 다수를 상대로 밀어붙이는 내력 검공이 아니다. 때문에 월광 초식 하나로 좌우에서 달려드는 적들을 전부 죽일 수는 없다.

물론 그렇다고 망혼보를 발휘해 현장을 달아날 수도 없다.

'대적할 방법은 있지.'

그는 허리를 꼿꼿이 세운 자세로 동작을 멈추었다.

방어 동작도 취하지 않는다.

공격하는 적들의 눈으로 보면 죽여 달라고 목을 내밀고 있는 것과 같다.

사사사삭!

그를 향해 몰려오던 꽃무더기가 일시에 흩어진다.

그와 동시에 좌우측에서 칼을 세운 흑의인들이 떼를 지어 달려든다.

칼날이 휘돌고 도광이 사납게 번쩍인다.

상대 거리 삼 보.

'지금!'

그는 철검을 바닥에 와락 꽂으며 자세를 낮춘다.

츄츄츄츄츄츄!

그의 양쪽 어깨에서 은색의 철선이 수십 가닥으로 펼쳐져 화살처럼 날아간다.

적멸기선!

신마교에서 최강의 살상력을 자랑하던 오대암기 중의 하나이다.

"크윽!"

"아악!"

그를 향해 달려들던 흑의인들의 신체가 두부 잘리듯 잘린다.

생존자는 겨우 대여섯 명.

실로 끔찍한 암기라고 할 수 있다.

그리고 적멸기선의 살상력보다 더 무서운 것은 담사연의 뒤처리 방식이다.

적멸기선이 발사된 후, 그는 철검을 들고 일어나 생존자들을 차례차례 처단한다.

손속에 인정은 없다. 감정 표현도 없다. 거창한 초식을 발휘하는 것도 아니다. 그는 넋이 반쯤 나가 있는 생존자들의 목을 정확히 한 번씩 찔러서 죽여 버리고 있다.

신강에서 밤의 사나이라고 불렸던 최전방 저격수.

신마교인들이 중무련의 신강 총책인 중검단주보다 더 두려워했던 인물.

야랑이 그곳에서 어떤 존재였는지 이 모습만으로 충분히

증명된다.

한편으로 그의 이런 대전투 능력을 동심맹이 사전에 알았다면 단화진의 자객 청부는 애초에 재고되었을 것이다.

생존자 처단은 잠깐 사이에 끝난다.

그는 마지막 생존자의 목에 철검을 찔러 넣고 뒤돌아섰다.

그의 표정은 조금 일그러져 있었다.

등 뒤의 고통 때문이다.

등줄기에 반 치 깊이의 검상이 생겨져 있다. 검상은 조금 전 적멸기선을 발사할 때 생긴 것이다. 이는 그의 후방에 적이 있었다는 뜻. 다시 말해 백의 사내가 후방을 지켜주지 못했다는 것이다.

그리고 그가 인상을 구긴 이유가 하나 더 있다.

뒤돌아본 전방의 상황 때문이다.

'한심해. 두 눈 뜨고 못 봐주겠어.'

조금 전 그의 등을 기습 공격했던 적은 고작 흑의인 한 명이다. 지금 흑의인은 바닥에 무릎을 꿇고 있고 백의사내는 그 앞에 서서 검을 겨눈 모습으로 덜덜 떨고 있다.

"지금 거기서 뭐하고 있는 겁니까?"

그의 입에서 거친 음성이 나온다.

솔직한 심정으로는 백의인에게 욕설이라도 해주고 싶다.

　　　　　＊　　　　　＊　　　　　＊

"미안합니다. 내가 방심한 탓에 귀공의 등을 지켜주지 못했습니다."

"방심? 하!"

백의인의 말에 담사연은 실소를 지어냈다.

고작 한 명을 상대했거늘 방심이라고 말할 수 있는 그 용기가 대단했다.

"하나 귀공도 너무했소이다."

"뭐가 말입니까?"

백의인이 주변에 잘린 시체들을 돌아보며 말했다.

"사람이 어찌 그렇게 잔인할 수 있습니까. 귀공이 그런 사람이었다니 나는 정말 실망했습니다."

"네?"

담사연은 눈을 멍히 끔적였다. 이런 말까지 듣게 되리라고는 진정 예상을 못했다.

"우리를 죽이려고 했던 놈들입니다. 살기 위해 싸운 것인데 잔인하고 말고 할 게 어디에 있겠습니까?"

"아무리 그렇다고 한들 사람을 저렇게 죽일 수는 없지요. 저런 집단 살상 행위는 사파 무리들이나 하는 나쁜 짓입니다."

점입가경이었다. 신강의 전장에서 별별 인간을 다 만나보았지만 그럼에도 이 사내의 사고방식은 아주 특별했다.

"나는 사람이 아니라 적을 상대했습니다. 거기에 인류을 거론하시면 적들과 싸우지 못합니다."

"적이기 이전에 사람이지요. 그러니 이들도 사람다운 대접을 받을 권리가 있지요."

말이 안 통하는 대상이었다. 이런 고지식한 사람과는 되도록 대화를 하지 않는 게 최선의 대처였다.

"응?"

관심을 끊으려고 했던 담사연의 눈에 문득 흑의인의 모습이 들어왔다.

가슴이 길게 베어져 있기는 하지만 흑의인은 아직 살아 있었다.

"저자는 왜 살려둔 겁니까?"

"나는 인명을 경시하는 귀공 같은 사람이 아닙니다. 대적 상황이 끝났는데 굳이 죽일 필요까지는 없다고 생각합니다."

"으음."

백의인의 말을 들은 담사연은 찌푸린 얼굴로 흑의인에게 다가갔다. 그리고 주저 없이 가슴에 철검을 쑤셔 넣었다.

백의인이 이 모습을 보곤 벌컥 소리쳤다.

"이보시오! 지금 무슨 짓을 하는 거요!"

그는 철검을 뽑아내며 말했다.

"전투에서 상처 입은 패자를 살려주는 건 자비가 아닙니다. 그건 패자의 피를 말려 죽이는 고문 행위나 다름없습니다. 부상당한 적에게 베푸는 최고의 자비는 단칼에 그 목을 잘라주는 것입니다."

말을 끝낸 담사연은 백의인의 반응을 무시하고 뒤돌아섰다.

백의인이 그의 옆으로 다가와 뭐라고 계속 소리쳐 댔다.

계속 상대해 주면 피곤할 뿐이다.

그는 이전보다 더 확실한 이유를 말했다.

"전투 상황은 아직 끝나지 않았습니다. 명심하십시오. 적에게 자비를 베푸는 것은 자신의 안전이 확보되었을 때에만 가능합니다."

상황이 아직 끝나지 않았다는 말은 전방에 나타난 흑의인 때문이었다.

대감도를 손에 들고 있는 오십 대의 흑의인.

일견하기에도 기세가 예사롭지 않았다.

"어?"

백의인이 흑의인을 발견하고는 멈칫했다.

담사연이 물었다.

"저자가 누구인지 아십니까?"

"일전에 호북에서 한 번 본 적이 있습니다. 흑살단의 부단주 귀환마도 염가척입니다."

염가척이란 무인은 모르지만 흑살단에 대해서는 담사연도 알고 있었다. 신강의 전우 중에 그곳에서 살수로 잠시 활동했던 이가 있었다. 그 전우의 말에 의하면 흑살단은 원래 사파의 주력 암살 단체인데 신마반란 사건에 연루된 후로 사중천에서 강제로 축출되었다고 했다.

"하면 조금 전의 흑의인들도 흑살단의 살수였습니까?"

"네. 흑살단의 최정예 살수, 흑혼수라검영들입니다."

담사연은 백의인을 슬쩍 돌아봤다. 의외로 넓은 견문. 골칫덩어리인 줄 알았건만 그나마 도움 되는 구석도 있다.

"알겠습니다. 여기서 대기하십시오. 저자는 내가 처리하겠습니다."

담사연은 대기의 말을 전하곤 곧장 염가척의 앞으로 걸어갔다. 상대를 두려워하거나 대적을 망설이는 모습은 일절 없었다.

"네놈은 누구냐?"

그의 다가섬에 염가척이 긴장한 얼굴로 한 걸음 물러섰다. 괴이한 암기로 흑혼수라검영들을 일거에 처단했던 담사연이다. 염가척으로서는 견제를 하지 않을 수 없다.

"무림인들은 의문이 너무 많군. 내가 누군지 그게 뭐가 그리 중요한가?"

신강의 전장에서는 전투를 벌일 때 상대의 이름 같은 것은 묻지 않는다. 어차피 죽고 죽이는 관계이다. 알 필요 없고 안다고 한들 대적 상황이 바뀌지도 않는다. 하지만 담사연이 그간 겪어본 무림인들은 그것이 고수의 여유이든, 무림인의 예의이든, 대적 상황에서 쓸데없는 물음을 할 때가 많았다. 단화진도 따져보면 그런 멍청한 짓을 하다가 그에게 저격의 빌미를 주었다. 그가 단화진 입장이었다면 만사 제쳐놓고 일단 자객의 목부터 베었을 것이다.

'생존이 걸린 전투 방식에 익숙하지 않다는 뜻이겠지.'

담사연은 염가척과의 거리 십 보를 앞두고 철검을 겨누었다. 망혼보도, 월광의 초식도, 전투암기도 사용하지 않고 오직 철검으로 승부한다는 생각이었다. 여유를 부리는 것이 아닌, 무림인들의 전투력이 어느 정도인지 진단 차원에서 정면 대결을 해보자는 것이다. 싸워 보고 여의치 않을 경우 즉각 생존의 전투를 벌일 것은 물론이다.

대적 거리 오 보.

염가척이 멈칫하더니 기합과 함께 대감도를 휘두르며 달려들었다.

'위력은 있지만 단순한 공격이야.'

담사연은 전진 자세를 유지하며 허리를 숙였다. 대감도가 머리 위를 무섭게 지나갔다. 그는 이때 철검을 눕혀 들고 허리를 비튼 자세로 염가척의 목을 향해 찔렀다. 화려한 초식, 강력한 초식 그런 것하고는 거리가 멀었다. 철저한 실전 초식. 빠르고 단순한 직선 검초였다.

"흡!"

염가척이 당혹의 음성을 흘러냈다. 담사연의 공격을 예상했기에 내공을 일으켜 나름의 대비를 해두고 있었다. 하지만 이건 예상과 한참 달랐다. 검초가 너무 약하고 단순했다. 비유하자면 도끼를 막을 대비를 하고 있었건만 송곳이 날아든 경우였다.

"이놈!"

염가척이 대감도의 손잡이로 철검을 후려쳤다. 목을 찔렀던 담사연의 철검이 한 치 옆으로 튕겨 나갔다. 담사연의 무력이 생각보다 강하지 않다고 판단되자 염가척은 바로 반격에 나섰다.

후우웅!

수직으로 내리치는 대감도!

내력이 실린 터라 파공음이 생생하다.

캉!

담사연이 철검을 수평으로 들어 대감도를 막았다.

내력 차이가 확연했다.

병기가 부딪치던 순간 담사연은 철검을 수평으로 든 자세로 바닥에 무릎을 꿇었다. 내공이 실린 대감도의 위력에 강제로 무릎이 꿇려졌다고 해야 한다.

"죽엇!"

염가척이 대감도를 재차 내리치고자 칼을 세워 들었다.

그 순간이다.

담사연의 몸이 대감도가 세워지는 궤적을 뒤따라서 오뚝이처럼 솟아올랐다.

스극!

염가척의 목 언저리에서 철검이 휘돌았다. 이번에도 화려한 검초, 강력한 내공을 실은 검초와는 거리가 멀었다. 하지만 염가척이 동작을 진행할 때 날린 일격이었다. 염가척으로서는 방어도 할 수 없고 피할 수도 없었다.

"크윽."

염가척이 핏물을 쏟아내는 목을 움켜잡고 뒷걸음질 쳤다. 즉사를 면했다고 해서 안심해서는 안 된다. 담사연이 승기를 잡은 상황이다. 이런 경우 야랑은 적을 제압하지 못했던 적이 한 번도 없다.

슉! 슉! 휘잉! 휘잉!

담사연은 염가척의 신체에 달라붙어 철검을 찌르고 베고 휘둘렀다. 무림의 정형화된 검초가 아닌, 실전을 거치며 터득

한 야랑만의 검박이었다. 염가척은 신체 곳곳에 검상을 입었고 대항을 거의 포기하는 단계에 이르렀다. 남은 것은 이제 도망뿐, 염가척은 대적을 중단하고 뒤돌아 달려갔다.

"안 돼! 진단은 끝났어."

도망가는 염가척을 향해 담사연이 왼쪽 손목을 쭉 뻗었다.

왼쪽 손목에 장착된 암기는 지주망기.

츄아아아악!

지주망기에서 천잠사가 거미줄처럼 발사되어 염가척의 몸을 뒤덮었다.

이제 마지막 일격만 남았다.

그가 왼손 약지를 가볍게 퉁기자 그곳에 장착되어 있던 탄지금이 탄환처럼 날아갔다. 탄지금은 천잠사에 꽁꽁 묶인 염가척의 등에 달라붙었다. 탄지금에는 화골산이 내재되어 있다. 탄지금이 등을 녹이며 몸속으로 파고들자 염가척은 비명을 토하며 고개를 꺾었다.

염가척과 야랑의 대적.

염가척은 그저 그런 무인이 아니다. 일급 수준을 웃도는 무인으로 무림에서 공인된 자다. 그런 자를 담사연은 암습이 아닌 정면 대결로 제압했다. 동심맹의 청부자들이 이 장면을 보았다면 야랑의 전투력을 완전히 재검토했을 것이다.

"후아, 염가척을 이리도 쉽게 제압하다니. 귀공의 무공이 정말로 대단합니다!"

싸움을 뒤에서 지켜봤던 백의인이 담사연에게 다가오며 감탄사를 늘어놓았다.

담사연은 사내의 말에 반응하지 않았다.

우선적으로 해야 할 일이 있었다.

그는 바닥에 쓰러진 염가척에게 바짝 다가섰다. 염가척은 아직 숨이 붙어 있었다. 의도적으로 살려둔 것이다. 그는 철검을 거꾸로 잡아 염가척의 가슴에 박았다. 심장에서 한 치 떨어진 위치다. 그는 그렇게 철검을 꽂은 채 사정없이 비틀었다.

"끄아아아!"

고통의 비명을 지르는 염가척을 담사연은 무표정하게 쳐다보며 물었다.

"궁마가 납치한 아이들은 지금 어디에 있지? 답을 한다면 편하게 죽을 수 있게 해주겠다."

담사연은 물음을 던지는 그 순간에도 철검을 비틀었다. 염가척은 너무 고통스러워 입에 거품까지 물었다.

"어서 말해. 대답하지 않는다면 네 심장을 백 개의 조각으로 찢어놓겠다."

담사연의 거듭된 차가운 물음. 대답은 염가척이 아닌 백의인의 입에서 나왔다.

"아니, 이게 대체 뭐하는 짓이오! 당장 그만두시오!"

백의인은 화가 머리끝까지 치민 모습이었다. 그리고 말로만 끝내지 않았다. 백의인은 담사연에게 무작정 달려들어 철검까지 빼앗아 가버렸다.

"……."

담사연은 사내의 모습을 찌푸린 눈으로 쳐다봤다. 사내의 이런 반응이 이해가 잘 되지 않았다.

"딸을 찾고 싶지 않습니까?"

"물론 찾을 거요, 반드시!"

"하면 왜 이러시는 겁니까? 이들은 당신의 딸을 납치한 악인입니다. 이 순간에도 백 명에 가까운 여자아이가 이들의 실험체가 되어 공포에 떨고 있습니다. 그러니 딸을 빨리 찾고 싶으면 내 일을 방해하지 마십시오."

그의 말에 타당성이 있지만 그럼에도 백의인은 막무가내였다.

"아무리 그래도 고문은 안 되오. 이건 인간이기를 포기한 죄악이오. 나는 당신의 행위를 절대로 용납할 수 없소!"

담사연은 사내를 잠깐 노려본 후 염가척의 몸에서 떨어져 나왔다. 염가척의 입을 통해 여자아이들의 위치를 알아보기에는 이미 늦었다. 조금 전 철검을 뺏은 사내의 개입으로 말미암아 염가척은 숨이 끊어진 상태였다.

"당신과 나는 삶을 살아가는 방식이 많이 다릅니다. 하니, 이제 그만 각자의 길을 가도록 합시다. 무사히 따님을 찾으시길 기대합니다."

담사연은 헤어짐의 말을 정중히 전하고 뒤돌아 걸어갔다.

이게 최선이었다.

고지식한 것은 맞지만 성정이 나쁜 사람은 아니었다. 안 좋은 감정으로 서로에게 기억될 필요는 없었다.

그가 십여 보 걸어갔을 때였다.

"이보시오. 잠깐만!"

백의인이 허겁지겁 그에게 달려왔다.

"이것을 가져가셔야지요. 그리고 조금 전 내 말은……."

담사연은 철검만 건네받고 사내의 말을 끊었다.

"됐습니다. 나는 당신의 심정을 이해합니다. 그러니 굳이 내게 다른 설명은 하지 않으셔도 됩니다."

그는 다시 전방으로 걸어갔다.

백의인의 음성이 들려왔다.

"귀공의 함자는 어찌 되시오?"

그는 걸어가는 도중에 고개를 저었다. 다시 만날 일이 없거늘 이름을 알려주면 무엇 하겠는가.

"나는 무당파 칠대장로 현명진인의 속가제자 창룡도관의 검주 송태원이라고 합니다."

신분을 밝히는 백의인의 말을 담사연은 그냥 흘려들었다.
그러다가 문득 그는 멈춰 서서 백의인을 다시 뒤돌아봤다.

"당신이 송태원이라고? 정말?"

무림맹주는 창룡검주 송태원이에요. 무당파 속가제자 출신인데 사
연 님이 살던 당시 무림에서는 명성이 거의 알려지지 않았던 인물이
에요. 송 맹주는 정파와 사파의 치열했던 칠년전쟁의 후반기에서 무
력이 아닌 덕으로 무림인들을 융합해 마침내 전쟁을 종식시켰죠.

이추수가 보낸 전서의 내용이 뇌리에 떠오른다.
'미치겠군.'
내심처럼 그는 인상을 잔뜩 구겼다.
이렇게 답답한 위인이 미래의 무림맹주라니. 그는 그럴 수
만 있다면, 진정 그 무림 세계에 한번 가보고 싶다.

5장

화음혈전(花陰血戰)

"왜 그러십니까? 다른 곳에서 내 이름을 들어본 적이 있습니까?"

"아, 아닙니다. 착각한 것 같으니 송 형께서는 신경 쓰지 마십시오. 참, 내 이름은 담사연입니다. 무림 경험은 거의 없고 북방의 전장을 조금 돌아다녔습니다. 전장에서는 야랑이라고 불렸으니 송 형께서도 그렇게 불러주시면 됩니다."

담사연은 어색한 내심을 인사로 대신해 감추었다. 그런 한편으로 송태원의 모습을 계속 주의 깊게 살펴봤다. 미래의 무림맹주다. 일반 무인들과 다른 점이 있기에 절대의 권좌에 올랐지 않겠는가.

'아무리 봐도 샌님인데. 대체 무엇으로 맹주가 되었을까?'

살펴보고 또 살펴봤지만 송태원의 외양에서는 특별한 점이 발견되지 않았다. 무공 역시 그다지 강하게 보이지 않는다. 의문은 남고 머리는 아프다. 그는 찾는 것을 포기했다. 어차피 그의 삶과 상관없는 미래의 인생이었다. 호기심 그 이상의 관심은 둘 필요가 없었다.

"시원이는 내가 찾아보겠습니다. 하니 송 형께서는 화문당에 들어오지 마시고 이곳에서 그냥 대기하십시오."

미래의 무림맹주에게 베푸는 그의 호의다. 하지만 송태원은 그 뜻에 따르지 않았다.

"그럴 수는 없지요. 내 피붙이입니다. 화문당으로 직접 들어가서 딸을 찾아올 겁니다."

담사연은 고개를 휘휘 저었다. 고지식한 성정에 고집까지 드세다.

"알겠습니다. 송 형의 뜻대로 하십시오. 단 나의 일에 방해만 하지 말아 주십시오."

그는 독자적으로 움직이겠다는 뜻을 전하곤 화문당 입구로 돌아섰다.

매화선원을 지나 부용선원으로 들어갈 때 송태원에 관한 사안은 머리에서 깨끗이 지워냈다. 지금 이곳은 늑대 소굴과 다름없었다. 사방을 뒤덮은 노란 꽃무리 속에서 그를 노리는 살기가 쏟아져 나오고 있었다.

'매화선원보다 훨씬 더 위험해!'

생존의 전투.

한 번 빈틈을 주면 삶이 완전히 끝장나는 극한 상황이지만 두려움 같은 것은 없다. 어쩌면 천성적으로 이런 위기 상황을 즐기는지도.

"좋아! 시작해 보자고!"

그는 철검을 늘혀들고 전방의 꽃무리 속으로 뛰어들었다.

*   *   *

이건 아니다.

전투 상황은 시작과 동시에 그가 예상치 못한 방향으로 진행된다.

'자의인!'

부용선원의 노란 꽃무리 속에서 뛰쳐나온 무인들은 흑살단의 살수가 아닌 자의인이다.

이들은 공격의 방식이 흑의인들과 많이 다르다.

흑의인들이 자살 공격 같은 대형으로 한꺼번에 달려들었다면 이들은 분산 대형으로 움직이며 연환 공격을 펼친다.

무림의 검가에서 체계적인 훈련을 받은 것 같은 자의인들. 이들의 기세를 꺾어놓을 강한 한 수가 필요하다.

그는 월광의 초식을 발휘한다.

"크윽!"

효과는 있다. 그와 처음으로 격돌했던 자의인의 팔이 뎅강 잘린다.

그러나 월광의 효과는 그다지 오래가지 못한다.

그가 두 명의 자의인을 월광의 초식으로 처단하자 나머지 자의인들이 사정거리 밖으로 빠르게 물러난다.

반격은 바로 시작된다.

원거리에서 공간을 가르는 기파!

'검기!'

사방에서 날카로운 검기가 날아온다. 신강의 전장에서 겪은 이류 수준의 조잡한 검기가 아니다. 하나만 명중되어도 치명상을 당하는 일급 수준의 검기이다.

그는 망혼보를 연이어 발휘해 검기를 피한다. 그것도 부족해 바닥까지 굴러 검기의 공격을 간신히 피해낸다.

일어선 그는 이제 의문스럽다.

이들은 누구인가?

능수능란한 공격 진형, 빠른 후퇴와 반격, 일급 수준의 검기.

무림에서 크게 명성을 떨치는 정통 문파의 검사들이 아니고선 과연 이런 모습을 보일 수 있는가.

그의 의문에 불을 지피는 일은 그다음의 격돌에서이다.

"하압!"

자의검사 한 명이 검을 세워들고 그를 향해 달려온다. 끝까지 달려오는 것이 아닌 대적 거리 오 보 지점에서 자의검사는 땅을 박차고 올라 검을 내리친다.

허공 도약에 이은 직도황룡의 초식.

그는 월광의 초식으로 자의검사의 무모한 공격을 응징한다.

카캉!

"어?"

의외의 결과이다.

월광의 초식이 막혔다.

월광을 사용한 이래 처음으로 벌어진 현상이다.

의문을 풀어볼 상황은 아니다.

지금 그의 머리 위로 자의검사의 일격이 떨어지고 있다.

그는 전력을 다해 우측으로 몸을 날린다.

콰앙!

그가 서 있던 대지가 도끼 자국처럼 쩍 갈라진다. 충격 여파로 바닥에 깔린 부용의 꽃잎들이 일제히 공중으로 날아오른다.

　그는 그곳에서 일 장 정도 비켜난 지점에서 몸을 바로 세운
다. 자세를 바로 잡은 것과 반격은 동시 진행이다. 그가 철검
을 겨누자 월광의 빛살이 휘날리는 꽃잎의 공간을 가로질러
자의검사를 직격한다.

　"응?"

　월광이 또 막혔다.

　주시하고 있었기에 이번엔 월광이 막힌 이유를 알 수 있다.

　'검막!'

　검기로 만든 무형의 방어막.

　검기상인의 경지에 다다른 검사만 펼칠 수 있다는 바로 그
검막을 자의검사가 발휘했다.

　"검기가 아닌 검광으로 진검의 사정거리를 넘어서다니 실
로 요상한 검법이로다."

　의문의 심정은 서로 마찬가지이다.

　격돌 이후 자의검사는 그를 의문스럽게 쳐다보고 있다.

　'고수!'

　제대로 된 검사는 어떤 전투 상황에서도 평정심을 유지한
다.

　지금 이 자의검사가 그렇다.

　의문의 눈길을 보내고 있지만 표정은 무심 그 자체다. 숨

쉬는 것조차 일정하게 안정되어 있다.

'위험한 상대야.'

무공은 궁마나 혈마보다 약할 수 있다. 하지만 그의 입장에서 이런 상대는 전자의 두 사람보다 상대하기가 훨씬 더 어렵다. 요는 평정심이다. 상대의 평정심을 깨뜨려야만 대적에서 승리의 기회를 잡을 수 있다.

'방법은?'

대처 수단을 떠올린 그는 자의검사를 향해 바로 달려간다.

자의검사가 냉소를 흘리며 검을 허리 아래로 휘두른다. 하체 공격. 상대의 빠른 움직임을 저지하겠다는 의도이다.

퐛!

다리가 검기에 명중되던 순간 그의 신형이 좌우로 나누어진다. 망혼보의 발휘인데 곧 이어서 자의검사를 스쳐가는 동작 중에 순간적인 격돌이 벌어진다. 그는 탄지금을 날리고 자의검사는 그것을 검날로 쳐낸다.

"핫!"

탄지금이 깨질 때 자의검사는 고개를 와락 비튼다. 깨진 탄지금에서 주변의 꽃잎을 녹이는 화골산이 뿌려진다. 직감에 따른 기민한 대처. 실전 경험이 그만큼 많다는 거다.

"그냥 갈 수 없다!"

탄지금을 막아낸 자의검사는 곧장 몸을 뒤돌려 검을 휘두른다.

자의검사를 스쳐갔던 그는 지금 전방의 꽃무리 속으로 뛰어들고 있다.

"으윽!"

꽃무리 속에서 비명이 들려온다. 그의 입에서 나온 것이 아니다. 그곳에 은신해 있던 자의검사들이 검기에 직격됐다.

"이런!"

본의 아니게 제자들을 죽이게 되자 자의검사가 노한 얼굴로 뒤를 맹렬히 따라붙는다.

그러나 이 순간 그의 신법은 더 빨라지고 더 변화막측해진다.

전력을 다한 망혼보.

부용선원을 벗어나고자 함이 아니다. 현장을 최대한 어지럽히겠다는 의도이다.

그는 정해진 노선 없이 동서남북으로 마구 달렸고 그러면서 부용선원에 은신 중인 자의검사들을 닥치는 대로 공격했다.

"이게 대체!"

그를 추적하던 자의검사는 당혹의 눈빛을 잠깐 드러냈다. 그를 추적하면서 검기는 다섯 번을 날렸고 진검 초식은 세 번을 사용했다. 그때마다 정확히 목표물을 타격했지만 그건 그의 실체가 아닌 환영이다.

분신술이 아닌 다음에야 어찌 인간이 이렇게 몸을 나눌 수 있단 말인가.

이대로는 안 된다. 결정을 빨리 내려야 한다. 시간이 갈수록 제자들의 포진이 헝클어진다.

"제자들은 듣거라! 일학중천(一鶴仲天)! 천상검비(天上劍 備)!"

자의검사는 내공을 실은 음성으로 지시를 내린다. 그러자 부용선원에 대기해 있던 자의검사들이 일제히 허공으로 솟구쳐 오른다. 짧은 순간, 이제 대지에는 명을 내린 자의검사와 망혼보를 발휘 중인 그의 모습만 남는다.

"환영이든 실체이든 모조리 날려주마!"

자의검사가 검병을 두 손으로 잡고 허리 뒤로 젖힌다. 그런 다음 전방의 모든 사물을 베어버릴 듯 앞으로 뛰쳐나오며 휘두른다.

콰콰콰콰!

검기의 폭풍! 모든 것을 쓸어버리는 검기!

부용선원의 꽃잎들이 폭격을 맞은 것처럼 와르르 허공으로 휘날린다.

검기의 폭풍이 지나간 대지.

망혼보의 환영은 자취를 감춘다.

그는 현재 바닥에 한 무릎을 꿇은 자세로 피를 게워내고 있다.

"하아아아!"

허공으로 도약했던 자의검사들이 휘날린 부용꽃잎과 더불어 대지로 내려온다.

도약 시점에서는 각자 신법을 발휘했지만 하강할 때에는 그를 중심에 두고 두 겹의 원진을 형성해 착지한다.

원진을 이룬 검사들이 그를 향해 검을 겨눈다.

이로써 그는 달아날 길이 완전히 막힌 고립 상황에 처한다.

검기의 폭풍을 날린 자의검사가 원진 앞으로 뚜벅뚜벅 걸어온다.

"검폭사에 직격되고도 살아남다니, 네 재주가 실로 대단하구나. 병기를 내려놓고 신분을 밝혀라. 그리하면 네 재주를 가상히 여겨 위패는 세워주마."

자의검사는 상황이 끝났다고 판단했지만 그건 신강의 야랑이 어떤 존재인지 모르고 하는 소리다.

그에게 굴복이란 없다. 목숨이 붙어 있는 한 끝까지 싸운다.

그는 철검을 짚고 일어서서 자의검사를 노려본다.

"자신하지 마. 그 위패에 당신의 이름이 적힐 수도 있어."

"어리석은 무부로다. 상황 판단을 그리도 못하느냐!"

"닥쳐! 누가 끝났다고 그래. 진짜는 이제부터 시작이야."

그의 대적 의지는 확고하다. 자의검사는 그를 묘하게 잠깐 쳐다보고는 원진의 제자들에게 눈짓으로 지시를 보냈다. 그러자 자의검사들이 원진의 대형을 유지한 채 서서히 회전한다.

원진의 회전, 검진이다.

그를 중심으로 회전 기파가 몰아친다. 기파의 세기를 알려주듯 고동을 울리는 것 같은 음향이 들려온다.

그는 가늘게 신음한다.

검사들과의 사투는 이제 시작이거늘 검진의 압박에 심장이 부서질 것만 같다.

그때 그의 귀로 낮은 음성이 들려온다. 송태원이 보낸 전음이다.

[담 형, 점창파의 천상검비구로진입니다. 대적은 계란으로 바위 치기이니 그들을 상대하지 말고 어서 현장을 피하십시오.]

＊　　　＊　　　＊

"……!"

담사연은 송태원의 전음에 눈을 빛냈다.

주변에 조력자가 있었다. 이건 승부를 앞둔 그에게 아주 큰 변수가 되는 경우였다.

무림의 전음술은 조잽이에게 배워둔 상태다.

그는 검진을 주시하며 소리가 들려온 방향으로 전음을 보냈다.

[송 형, 지금 내 전음을 받을 수 있습니까?]

[네. 전할 것이 있으면 꺼리지 말고 말하십시오.]

[조금 전에 점창파의 검진이라고 하셨는데 하면 저들이 모두 점창파의 검사들입니까?]

[네. 점창파의 일대제자부터 삼대제자까지 총동원되었습니다. 사천에서 활동하는 검사들이 왜 이곳에 나타났는지 나도 그게 의문스럽습니다.]

사천 무림의 패권 단체 점창파.

구대문파의 한 곳이며 동심맹의 주축 세력이다.

담사연은 조금 전에 일전을 겨루었던 자의검사를 슬쩍 쳐다보며 전음을 다시 보냈다.

[송 형, 저기 자의검사가 누구인지 아십니까?]

[사천의 검귀라고 불리는 멸절일검 조광생입니다. 사천 무림에서 점창지존 화연산 다음으로 검공이 강하다고 알려져 있습니다.]

멸절일검 조광생.

신강의 전장에서 그 이름이 잠시 화제가 된 적이 있었다.

정파십대검사 중에서 가장 재수가 없는 위인을 선정함에 전우들의 과반수가 사천의 검귀 조광생을 거론한 것이다.

이 사안에 대해 무림에서 나름 활동했던 노관걸의 주장은 이러했다.

"조광생은 어릴 때부터 기재가 대단했지. 나이 아홉 살에 점창파에 입문하여 열두 살에 점창검사의 검명을 받았고, 열아홉 살에 검기상인의 경지에 올라 사천 무림을 깜짝 놀라게 했지. 재수가 없다는 것은 하필 그 시대에 점창파 역사상 최고의 기재라는 사일신검 화연산이 있었다는 거야. 화연산은 나이 일곱 살에 점창파에 입문하여 열 살에 검명을 받았고, 열여섯 살에 검기상인의 경지에 올라 천하를 깜짝 놀라게 했지. 나이 스물아홉 살에는 점창파 역사상 최연소 장문인에 올라 검신의 칭호를……."

담사연은 조광생에 관한 기억을 떠올리며 자의검사를 정면으로 쳐다봤다. 상대가 누구인지 안다. 대적을 함에 이전보다 한결 여유가 생기는 심정이었다.

"사천의 검귀가 산서에는 무슨 볼일이 있어 왔지? 점창파의 검신께서 산서로 가라고 시켰는가?"

조광생은 검귀란 말을 아주 싫어한다. 특히 검신과 비교하며 검귀를 들먹일 때는 장소 불문하고 역정을 낸다.

아니나 다를까 그의 말에 자의검사, 조광생이 발끈했다.

"검귀? 지금 나보고 한 말인 거냐?"

그는 피식 웃었다.

"당신 말고 누가 또 검귀야? 이곳에 또 다른 검귀가 있다면 내게 한번 알려줘 봐."

조광생의 불편한 감정 표현은 아주 잠깐이었다.

"내가 누구인지 알다니, 죽여야 될 이유가 하나 더 늘었군."

조광생은 곧 평정심을 되찾은 모습으로 돌아가 제자들에게 명을 내렸다.

"용맹이 대단한 자다. 저승길로 곱게 보내드려라."

점창파 제자들이 빠르게 움직이기 시작했다. 일선의 원진은 좌측으로 돌고 그 외곽의 원진은 우측으로 돌았다. 고동이 울리면서 땅이 흔들린다. 그와 더불어서 부용꽃잎들이 몽땅 공중으로 떠올라 원진과 같이 공간을 휘돈다.

"으읍."

검진의 압박이 강화되자 담사연은 이를 악물었다. 송태원이 도망가라고 계속 전음을 보내왔는데 뭘 모르고 하는 소리였다. 도망가고 싶어도 그럴 수가 없었다. 도망은커녕 서너 걸음도 제대로 옮길 수 없었다. 그는 점점 조여드는 검진의 압박 속에서 대책을 강구해 봤다.

정면 대결로 검진을 격파한다는 것은 그의 무력으로 불가능이다.

최선의 대책은 검진을 벗어난 후에 저격수로서 각개 격파하는 것.

그러기 위해서는 일단 검진을 탈출해야 한다.

적멸기선의 사용.

일선의 검사들에게 큰 피해는 입힐 수 있겠지만 그것으로 검진을 탈출하기에는 역부족이다. 게다가 적멸기선은 무한정 발사할 수 있는 암기가 아니다. 최대 격발은 세 번. 이전에 한 번 사용했으니 두 번 정도만 더 발사가 가능하다.

칠채궁의 사용.

저격 용도의 무기이다. 그것을 사용하려면 일단 검진을 탈출해야 한다.

검박으로 돌파.

이들은 신강에서 싸웠던 신마교의 무인들이 아니다. 검공수업을 체계적으로 받은 점창파의 정예 검사들이다. 검으로 맞싸우면 결국 그가 먼저 무릎을 꿇게 될 것이다.

남은 것은 월광, 아니, 정확히 말해 능광검의 사용.

'탈출은 가능해. 하나 그것을 사용하면 동심맹의 의심을 받게 될 거야.'

능광검은 그가 청부자들에게 날릴 회심의 반격 무기였다. 궁마를 상대로 딱 한 번만 사용해 봤고 그 이외에는 가급적 능광검 사용을 자제해 왔다.

'어쩔 수 없어. 여기서 죽는다면 복수도 없어.'

그는 능광검 사용을 결정했다. 남은 것은 능광검의 위력을 최대한 발휘할 수 있는 조건을 만드는 것. 그는 검진이 십 보 앞까지 다다르자 철검을 앞으로 세워 들었다. 검진을 휘돌던 부용꽃잎들이 그에게 날아들었다.

"하!"

그는 철검으로 날아드는 꽃잎을 잘라냈다. 꽃잎 속에서 검이 번쩍였다. 내기가 실린 검이었다. 철검이 불꽃 충돌을 일으키며 튕겨 나갔다. 그 순간 검사들이 꽃잎 속에서 뛰쳐나와 검을 뻗어냈다

"우읍."

검이 어깨와 허벅지를 가르고 지나갔다. 동시다발적으로 찔러온 검이기에 방어가 여의치 않았다. 일 검에 이어 이 검, 삼 검, 검사들의 검이 연달아 그에게 날아왔다. 검진의 압박 때문에 망혼보를 자유로이 발휘할 수 없었다. 그는 임기응변으로 망혼보를 응용해 제자리에서 몸을 회전시켰다. 검이 그의 전신을 스치고 지나갔다. 치명상은 면했지만 그의 전신은 순식간에 피로 얼룩졌다.

"타앗!"

"하아아아!"

그가 검상을 입어 비틀거리자 검사들이 그에게 직접 달려들었다. 일선 검진의 검사들은 그의 하체를 공격했고, 이선의 검사들은 허공으로 뛰어올라 그의 머리 위에서 검을 내리쳤다.

검진의 압박 속에 전후좌우 사방은 온통 검!

상황은 누가 봐도 그에게 최악이었다.

바로 그때 그가 도무지 이해할 수 없는 행동을 하였다.

툭!

철검을 바닥에 던져 버린 것이다.

철검 대신 다른 전투 암기도 꺼내 들지 않았다.

빈손이 된 그는 몸을 웅크린 자세로 양손을 겨드랑이 사이로 넣었다.

그가 이상한 행동을 취하던 그때 점창파 검사들의 검이 그의 신체에 다다랐다.

머리와 가슴, 다리!

수십 개의 검이 거의 동시에 그의 신체를 가르던 그 순간이었다.

검의 숲에 갇혀 있던 그가 웅크린 몸을 활짝 펴며 양손을 좌우로 뻗어냈다.

빛!

은색의 영롱한 빛.

은빛은 부챗살처럼 펼쳐져 회전했고, 그와 동시에 그에게 달려들었던 검사들의 동작이 전원 중지되었다.

"응?"

뒤에서 관전하고 있던 조광생이 눈을 번쩍 떴다.

대체 지금 무슨 일이 일어났는가?

조광생은 곧 허공답보의 신법으로 그를 향해 곧장 달려갔다.

투투투툭!

조광생이 착지하기 전 그를 공격했던 검사들이 짚단처럼 땅에 쓰러졌다.

상처는 없다. 피도 흘리지 않았다. 그러나 검사들이 삶을 마쳤다는 것은 직감적으로 알 수 있다.

"이놈!"

제자들을 죽인 그를 일도양단하고자 조광생이 검을 세워들었다.

이때 담사연이 고개를 들어 조광생을 쳐다봤다.

은색으로 물든 눈동자!

조금 전에 조광생이 상대했던 그 모습과는 눈빛의 기세부터 달랐다.

그는 조광생을 향해 손가락을 겨누었다.

검!

검의 형상을 가진 빛의 검!

검지와 중지를 붙인 그의 손가락에서 은빛의 검이 생성되었다.

파앙!

조광생의 검과 은빛의 검이 정면으로 충돌했다.

"으읍!"

조광생은 악문 신음을 토하며 달려온 속도만큼 빠르게 튕겨 나갔다.

[송 형, 전음을 듣고 있습니까?]

[네, 담 형. 조금 전의 그것은 무슨 검공입니까? 세상에 그런 검공이 있었다니……. 내 눈으로 보고도 믿지 못하겠습니다.]

[송 형, 설명은 나중에 하고 그보다 어서 화문당 본관으로 달려가십시오. 지금이 아니면 검진을 탈출할 기회가 없습니다. 저도 갈 테니 그곳에서 만나기로 합시다.]

[네, 알겠습니다.]

전음을 보낸 담사연은 전투를 중단하고 곧바로 부용선원의 중심부를 가로질러 달렸다. 적의 공격을 저지한 것이지 적을 격퇴한 것이 아니었다. 공격에 나서지 않았던 검사들이 다시 검진을 구축하고 있었다.

그리고 조광생도 평정심을 되찾은 모습으로 몸을 일으키고 있었다. 무서운 자였다. 월광에 정면으로 맞서고도 몸을 온전히 보전했다. 내상을 입은 것도 아니었다. 격돌의 순간 조광생은 검을 비틀어 거울로 빛을 반사하듯 월광을 옆으로 흘려보냈다. 그런 대처법이 있으리라곤 담사연도 미처 생각을 못했다. 정면으로 월광에 부딪쳤다면 아무리 조광생이라고 한들 무사하지 못했을 것이다.

"막앗! 저지해!"

그의 움직임을 뒤쫓아 점창파 검사들이 와르르 달려왔다. 이들의 검진에 다시 갇히면 그땐 정말 동귀어진을 각오해야 한다.

'그럴 수는 없지!'

그는 망혼보를 전력으로 발휘해 부용선원을 빠져나왔다. 전방에 화문당의 삼 층 건물이 보인다. 그런데 그곳 화문당 건물 앞쪽에서도 대지가 핏물로 범벅되는 전투 상황이 벌어지고 있었다.

'흑살단!'

건물 앞에 포진한 무인들은 흑살단이었다. 그리고 그들과 맞싸우는 무인은 조금 전에 부용선원을 지나갔던 홍의인, 소적벽이었다. 소적벽의 돌진을 막을 정도이니 흑살단의 최정

예 무인들이 나섰다고 봐야 한다.

[담 형, 어떡하죠? 흑살단의 단주, 유령마군 척가도가 화문
당의 건물 앞에 있습니다. 척가도는 사중십마에 맞먹는 사파
의 거물인데 일단…….]

송태원의 전음이 들려오자 담사연은 달려가는 동작 중에
주변을 슬쩍 돌아봤다. 송태원의 모습은 어디에서도 보이지
않았다. 그는 다급한 상황임에도 고개를 휘휘 저었다. 다른
것은 몰라도 송태원의 신법 하나는 인정해 주지 않을 수 없었
다.

[송 형, 내게 한 가지 방법이 있습니다. 내가 화문당으로 들
어가면 송 형도 즉시 나를 따라오시기 바랍니다.]

[어떤 방법이지요?]

[지켜보시면 압니다.]

담사연은 전음을 마친 후에 곧바로 흑의인의 포진 속으로
뛰어들었다. 그의 갑작스러운 난입에 흑의인들이 잠시 허둥
대다가 그에게 몰려들었다. 그는 적을 처단하는 확실한 암기,
적멸기선을 발사했다.

츄츄츄츄츄!

"끄아악!"

그에게 몰려들던 흑의인들이 집단적으로 쓰러졌다. 그는
그 틈을 이용해 적진을 뚫고 나가 혈마의 옆자리에 안착했다.

"네놈은?"

혈마가 그를 돌아보곤 눈을 끔적였다. 갑작스럽게 출현한 담사연도 의문스럽고, 흑의인을 일거에 처단한 암기 능력도 의문스럽다.

담사연이 말했다.

"또 보네. 떠버리."

"뭐라!"

그는 발끈하는 혈마의 모습에 개의치 않고 가볍게 미소를 지었다.

"왜 이래, 같은 편끼리. 화문당엔 내가 들어가 볼 테니 떠버리는 여기서 성가신 애들 좀 막아줘."

"이게 진짜 본좌를 뭐로 보고!"

혈마가 혈수를 번쩍 들었다. 이 인간 성질로 보아 상황 불문하고 한 대 날린다. 담사연은 재빨리 망혼보를 발휘해 몸을 피했다. 혈마의 혈수장이 담사연의 등 뒤로 날아갔다. 그런데 하필, 혈수장이 담사연을 뒤쫓아 달려온 조광생의 몸에 타격됐다.

"응?"

"어?"

혈마와 조광생이 찌푸린 눈으로 서로를 쳐다봤다. 그러더니 동시에 와락 달려들어 사납게 부딪쳤다.

산동의 도살자라고 불린 혈마이다. 조광생도 혈마의 압도적인 무력에는 쉽게 대적하지 못했고, 그러다 보니 둘의 격돌은 점창파 검사들과 흑살단의 총공격으로 확전됐다.

의도가 성공하자 담사연은 재빨리 현장을 벗어났다.

혈마를 이용한 탈출의 시간은 지극히 한시적이다. 무인들이 따라붙기 전에 화문당 본관으로 들어가서 여자아이들의 납치 사안을 확인해야 한다.

화문당 본관에 도착했다.

송태원이 그곳 입구에 대기해 있었다. 그는 눈짓으로 뜻을 전하고 곧바로 화문당 안으로 들어갔다.

달려가던 중에 송태원이 물었다.

"조금 전에는 정말 깜짝 놀랐습니다. 대체 무슨 검공입니까? 담 형이 그때 봐주지 않았다면 천상검비구로진은 완전히 격파되었을 것입니다."

담사연은 대답 대신 쓴 미소를 지어 보였다. 제삼자의 눈으로 보면 그렇게 생각할 수 있다. 또한 점창파 검사들도 그렇게 생각했기에 그에게 쉽사리 공격하지 못했다. 하지만 정답은 그게 아니었다. 능광검을 발휘한 것은 맞지만 그는 그것을 지속적으로 사용할 수 없었다. 능광은 태산에서 나이를 잊을 정도로 오랫동안 수련하여 검공을 성취했다. 거기에 비교하면 그는 백 일 연공한 것이 수련의 전부였다. 능광검을 완숙하게 사용하려면 최소한 십 년은 그것에 매달려야 할 것이다.

한편으로 철검으로 발휘한 월광의 초식은 능광의 검법이 아닌 양정의 검법이었다. 그는 그것을 쾌월광이라고 따로 이름 붙여 놓았다. 쾌월광도 대단한 검초이긴 하지만 능광검의 위력에는 견줄 수 없었다. 능광검을 대성하게 된다면 그땐 무림검가의 양대산맥인 화산파와 무당파의 검공에 능히 맞서는 검신이 강호에 출현한다는 뜻과 같았다.

"아! 저기!"

송태원이 이 층으로 올라가는 철제 계단을 가리켰다.

일 층의 실내에는 특별히 눈에 띄는 것이 없었다. 한바탕 소란이 있었다는 점을 증명하는 파손된 집기의 흔적만 남아 있었다.

이 층으로 올라가는 계단 앞에는 육중한 철창이 만들어져 있었다. 철창을 만든 이유는 하나뿐이다. 이 층과 삼 층에 있는 대상들을 밖으로 탈출하지 못하게 막은 것이다.

다행히 지금은 철창이 열려져 있었다.

철창이 열렸다는 것은 누군가가 올라갔다는 뜻. 그는 주변을 경계하며 조심스럽게 이 층으로 올라갔다.

창문이 하나도 없는 건물이기에 이 층의 실내는 아주 어두웠다. 시야가 막혔지만 감각적으로 상황은 대충 짐작할 수 있었다. 우선 냄새가 아주 안 좋았다. 비릿한 피 내음과 더불어 시체가 썩는 것 같은 냄새가 코를 찔렀다.

화르르르!

갑자기 공간이 밝아졌다. 송태원이 화섭자를 소유하고 있었다.

"이럴 수가!"

담사연은 인상을 와락 구겼다.

신체가 잘린 시체가 바닥에 빼곡히 자리해 있었다.

시체를 살펴본 그는 가슴이 확 끓어올랐다.

하나같이 어린 여자아이들이었다.

이들이 대체 무슨 잘못을 했단 말인가. 얼마나 대단한 일을 한다고, 얼마나 대단한 비밀을 지킨다고 이들을 전부 살해한단 말인가.

발밑에 허리가 잘린 여자아이의 시체가 있다. 아이는 목각 인형을 가슴에 안고 있었다. 죽는 그 순간 아이가 기댈 수 있는 대상은 인형이 유일했을 것이다.

"으으으흑! 시, 시원아!"

송태원이 울부짖으며 딸을 찾아 시체를 뒤적였다.

그 심정을 어찌 모르랴.

담사연은 송태원만큼이나 가슴이 아팠고 또한 분노했다. 그는 이 사태를 일으킨 놈들을 용서할 수 없었다. 그 대상이 사중천주이든 동심맹주이든 반드시 그 목을 잘라 아이들의 원혼을 달래줄 것이었다.

　그는 분노의 감정을 억누르며 실내를 살펴봤다. 사건 현장이었다. 단서가 남아 있을 것이다. 아이들이 죽은 시점은 얼마 되지 않았다. 네댓 명을 제외하고는 대다수가 한두 시진 전에 신체가 잘렸다.

　아이들은 이곳에서 무엇을 했던 것일까?

　단서를 계속 추적한다. 특별한 점은 눈에 띄지 않았다. 벽을 따라서 침상이 나열된 것으로 보아 이 층은 일종의 숙소 개념으로 활용한 것 같다. 그렇다면 삼 층이었다. 삼 층에는 아이들을 이곳에 데리고 왔던 이유가 있을 것이다.

　삼 층으로 눈을 돌릴 때 송태원이 반은 실성한 모습으로 그에게 걸어왔다.

　그는 조심스럽게 물었다.

　"시원이를 찾았습니까?"

　"아니요. 시원이는 이곳에 보이지 않습니다."

　상황이 너무 끔찍해 차마 다행이라고 말해줄 수 없었다.

　그는 송태원의 어깨를 두들겨 주며 삼 층을 눈짓했다. 송태원이 핏발 선 눈으로 삼 층을 올려다봤다.

　"송 형, 같이 올라가 봅시다. 어떤 장면이 있더라도 마음을 굳건히 하셔야 합니다. 그래야 복수도 할 수 있습니다."

　"네, 갑시다. 가서 우리 두 눈으로 확인합시다."

송태원은 의외로 감정을 빠르게 추스르곤 계단에 올라섰다. 이럴 때의 모습을 보면 상황 파악을 못하는 답답한 위인만은 아니었다.

이 층과 삼 층 사이의 계단은 상당히 높고 길었다. 삼 층의 실내 구조가 보통의 건물보다 훨씬 크다는 것을 의미한다. 계단의 벽면도 아주 육중하고 탄탄해 방음도 문제없을 것 같았다.

계단을 반 정도 올라갔을 때였다.

텅!

삼 층의 계단 끝에서 철문이 열리는 소리가 들려왔다.

담사연과 송태원은 초긴장한 얼굴로 동작을 멈추었다.

남자들의 음성이 들려온다.

"여기에 적힌 애들이 전부입니까?"

"네. 이 층에 마흔두 명, 삼 층에 스물다섯 명, 총 육십일곱 명이 이번에 폐기 처리되었습니다."

"현음의 성체로서 통과자가 열 명이라고 적혀 있는데 용문으로 보낸 성체는 이들뿐인가요?"

"아닙니다. 거기에 적힌 대상은 이차 성체자 열 명입니다. 일차로 내보낸 아이들까지 합치면 모두 열여덟 명입니다. 예년에 비교해 두 배는 많은 숫자입니다. 올해에는 성공할 가능성이 높다고 상부에서 아주 만족스러워하더군요."

"성공이라……."

음성이 갑자기 끊겼다.

담사연이 삼 층에서 내려오는 자들과 눈을 마주치던 바로 그 시점이다.

삼 층에서 내려오는 자들은 선두의 두 남자를 포함해 모두 아홉 명. 이 순간 담사연의 눈은 선두 좌측의 중년 남자, 자의 검사에 완전히 집중되었다.

"……?"

"……!"

자의검사와 담사연이 날카롭게 눈빛을 교환했다.

다음 순간 두 사람은 거의 동시에 왼쪽 요대에 걸린 검으로 오른손이 돌아갔다.

쾌월광은 극쾌가 기본이 되는 검초. 검을 절반 정도 뽑는 과정까지는 담사연이 확실히 빨랐다. 하지만 검봉이 검갑을 빠져나오는 시점은 자의검사가 더 빨랐다. 발검은 늦었지만 초인(鞘引) 과정, 검집을 밀어내는 동작에서 압도적인 빠르기를 보인 것이다.

팟!

자의검사의 검이 담사연의 허리를 갈랐다. 담사연은 악문 신음을 토하며 계단에서 굴러 떨어졌다.

자의검사가 그 모습을 보곤 눈을 번뜩이며 계단을 박찼다.

허리를 완전히 가른 것이 아니다. 옆구리에서 검의 진행이 막혔다. 담사연이 철검의 검갑으로 자의검사가 날린 쾌검의 진행을 막아낸 것이다.

"타앗!"

허공에 떠오른 자의검사는 그 상태로 계단을 내려오며 왼손을 활짝 내밀었다.

후웅!

회오리 장풍이 계단에서 굴러 떨어지는 담사연의 몸을 뒤덮었다.

"으읍!"

장풍에 타격된 담사연은 피를 토하며 이 층 바닥에 곤두박질쳤다.

자의검사의 공격은 아직 끝나지 않았다.

자의검사는 공중에 떠오른 자세에서 검을 견주고 담사연을 향해 곧장 떨어졌다. 검은 빠르고 장력은 강력하다. 거기에다 미리 준비한 것 같은 연환 공격. 담사연이 살아날 길은 어디에도 없어 보였다. 하지만 바로 그때 자의검사의 공격을 되돌리게 만드는 담사연의 역습이 있었다.

푸앙!

한 발의 총성이 실내를 쩌렁 울렸다.

자의검사는 담사연을 공격하던 속도만큼이나 빠르게 원래

의 자리로 되돌아 올라갔다.

정적이 잠깐 흘렀다.

담사연은 바닥에 누운 자세로 자의검사를 올려다봤고, 자의검사는 총환 한 발을 손에 잡은 채 찡그린 눈으로 담사연을 내려다봤다.

"뭐, 뭐야! 저놈은?"

자의검사 옆에 자리한 황의인이 놀란 음성을 터뜨렸다. 반응이 이제야 나왔을 정도로 담사연과 자의검사의 대결은 순간적으로 벌어졌다.

"저놈을 잡아! 어서!"

황의인이 뒤를 돌아보며 명을 내렸다. 그러자 계단 뒤쪽의 무인들이 병기를 뽑아 들곤 계단에서 뛰어 내려와 담사연을 덮쳤다. 그 순간 담사연의 역습이 다시 감행되었다. 이번엔 빛. 은색의 빛이었다. 은빛의 검이 무인들의 몸을 차례로 관통했고 무인들은 담사연을 공격하던 자세 그대로 동작을 멈추었다.

"응?"

자모총통의 격발에도 평정심을 유지했던 자의검사가 이번엔 깜짝 놀란 반응을 보였다. 놀란 반응은 곧 확인으로 이어진다. 자의검사는 기합도 기세 발현도 없이 검을 내던졌다.

슈욱! 쿠아앙!

간단히 발휘한 비검술이지만 위력이 실로 엄청났다. 화문당의 건물이 통째로 뒤흔들렸고 비검에 타격된 건물의 파편이 먼지와 더불어 이 층의 공간을 가득 메웠다.

부연 먼지 속에서 비검이 자의검사의 손으로 되돌아왔다.

자의검사는 검을 회수하자마자 굳은 얼굴로 계단을 뛰어 내려 왔다.

검날에 피가 묻어 있지 않다.

비검에 당하지 않았다는 뜻.

이 층으로 내려와 보니 과연 담사연의 몸이 사라져 있었다.

"누구냐! 감히!"

자의검사가 눈을 번뜩이며 이 층의 공간을 쭉 살폈다. 일층으로 내려가는 계단에서 무언가가 희끗하며 움직인다. 자의검사는 발견과 동시에 그곳으로 검을 휘둘렀다. 검기의 폭풍이 실내에 휘몰아쳤다. 이 층의 구조물은 물론 일 층으로 내려가는 계단까지 모조리 박살 나버렸다.

자의검사가 일 층으로 내려왔다. 담사연의 모습은 어디에서도 보이지 않았다.

"장문인 어떻게 된 일입니까? 놈은 어디로 간 것입니까?"

황의인이 물었다.

자의검사는 일 층의 공간을 쭉 돌아보며 말했다.

"화문당을 빠져나간 것 같습니다."

"그게 가능합니까? 장문인의 검공에 세 번이나 당한 놈입니다. 놈이 무슨 재주로 움직일 수 있었다는 말입니까?"

"놈에게 조력자가 있었습니다. 변수를 예상하지 못한 내 잘못입니다."

"조력자요? 어디?"

황의인이 말과 함께 일 층 실내를 이리저리 살폈다.

"찾으실 필요 없습니다. 무당파의 제운종이 발휘되었습니다. 지금쯤이면 삼화공원 입구까지 달려갔을 겁니다."

"무당파?"

황의인이 떨떠름한 음성을 흘려냈다. 갈수록 태산이다. 무당파가 왜 여기서 등장한단 말인가.

표현을 안 했을 뿐이지 의문은 황의인보다 자의검사가 훨씬 더했다. 다만 자의검사의 의문은 조력자가 아닌 자신과 격돌한 그 무인에 맞추어져 있었다. 사문의 사일검에 맞먹는 쾌검술 사용에 자모총통의 격발, 거기에다 그를 깜짝 놀라게 했던 지수검법의 발휘. 제운종을 사용한 조력자는 이 순간 그의 관심사가 되지 않을 정도로 충격적인 무인의 출현이었다.

"화문당주, 상황이 심상치 않습니다. 용문과 관련된 모든 서류를 폐기하고 그 일에 투입된 무인들을 전원 철수시키십시오. 아울러 화문당은 이 시각부터 완전히 폐쇄에 들어가십시오."

"알겠습니다. 그리 조치하겠습니다. 한데……."

"……?"

"오늘 본 그자는 어찌할까요? 상부에 연락해 추적대를 요청할까요?"

자의검사는 잠깐 생각한 후에 고개를 저었다.

"흑살단과 연동을 해서 추적은 하되, 상부에는 일단 보고하지 마십시오. 오늘의 일에 의문이 많습니다. 내가 직접 동심맹주를 만나 물어보겠습니다."

말을 마친 자의검사는 시선을 건물 앞 부용선원으로 돌렸다. 그곳에도 골치 아픈 존재가 하나 있었다. 점창의 별이 된 후로 검을 들면 반드시 그 대상을 무릎 꿇렸다. 그래서 사천의 검신은 곧 중원의 검신이라는 찬사까지 받았다. 한데 그게 깨졌다. 그것도 이름도 모르는 무인에게.

이 심정을 풀어줄 대상이 필요하다.

자의검사는 검을 빼 들고 그곳의 표적, 혈마에게 걸어갔다.

*　　　　*　　　　*

"담 형, 담 형. 몸은 괜찮으십니까?"

송태원의 음성을 들으며 그는 눈을 떴다.

대답은 바로 해줄 수가 없었다. 가슴뼈가 결려 말은커녕 숨

쉬기조차 힘들었다. 몸 상태를 잠시 살펴본다. 최소한 늑골 두 개는 부러졌고, 옆구리 부근의 검상에서는 아직도 피가 흘러나오고 있다.

"우읍! 우읍!"

그는 목구멍 속에 고인 피를 토해냈다. 검붉은 토혈이었다. 아무래도 내장까지 다친 모양이었다. 그는 힘겹게 상반신을 일으켜 송태원을 돌아봤다. 토혈을 했던 덕분인지 그나마 말을 전할 수 있었다.

"내가 정신을 잃은 지 얼마나 되었지요?"

"대략 한 시진입니다."

"계단에서 만난 그 검사는 누구입니까?"

"사일신검 화연산입니다. 사천의 검신이라 불리는 점창파의 장문인이지요."

검신 화연산.

상대가 동심구존 중의 하나였다고 생각되자 그는 조금 전의 전투 상황이 이해되었다. 쾌월광도 안 통했고 자모총통도 막아냈다. 상황 판단력과 결정력은 그가 이제껏 접한 어떤 무인보다도 정확하고 기민했다.

"담 형, 천운입니다. 담 형이니까 그나마 살아남았지, 다른 무인 같았으면 열 번도 더 죽었을 겁니다."

송태원의 말은 위로가 되지 못했다. 살아남은 것은 그의 천

운이 아니라 그를 죽이지 못한 적의 최대 불운이었다. 받은
만큼 돌려준다. 그게 야랑의 철칙이었다.

그는 그때부터 부상당한 몸을 직접 돌보기 시작했다. 등사
심법으로 속을 달랜 다음, 허리의 검상을 지혈시키고 어긋난
가슴뼈를 맞추었다. 그리고 자주 해본 것 같은 손길로 속옷을
찢어 각각의 상처 부위에 단단히 묶었다.

약식의 치료를 끝낸 그는 바랑에 전투 암기를 담아 넣고 일
어섰다.

"담 형 그렇게 빨리 움직이시면 육체에 심한 손상이 옵니
다."

그는 송태원의 걱정을 무시하고 자신의 뜻을 전했다.

"지금 아니면 놈들을 잡지 못합니다."

"그 말뜻은?"

"오늘 이곳에서 벌어진 일은 반드시 심판을 받아야 할 악
행입니다. 내가 정의군자라서 나서는 게 아닙니다. 오십 명도
넘는 여린 생명이 어둠 속에서 공포에 떨다가 잔인하게 죽임
을 당했습니다. 최소한의 도리를 알고 있는 사람으로서 이런
일은 절대 묵과할 수 없습니다."

담사연의 말에 송태원이 무겁게 침묵했다. 딸이 관계된 사
건이기에 송태원도 마찬가지 심정이었다.

"송 형도 이번 일에 나서주십시오. 송 형의 도움이 필요합

니다."

"제가 무엇을 어찌하면 될까요?"

"송 형께선 화문당에서 벌어진 사건을 강호에 알려 여론을 모아주십시오."

강호에 고발하라는 뜻에는 공감한다. 하나 문제가 있다.

"증거가 인멸되었습니다. 나 같은 보잘것없는 무부의 말을 어느 무림 단체에서 믿어주겠습니까?"

담사연이 정신을 잃은 그사이에 화문당의 건물은 폭파되었고 삼화공원은 불에 탔다. 잔해 속에 시체는 남아 있겠지만 상대가 무림의 권력자라는 점을 감안해 보면 그것으로는 확증이 될 수 없다.

"증거가 될 문서가 남아 있습니다. 내가 그것을 구해오겠으니 송 형께서는 강호의 여론을 모으는 일에 주력해 주십시오."

삼 층 계단에 올라갈 때 화연산이 했던 말이 있었다.

"여기에 적힌 애들이 전부입니까?"

"네. 이 층에 마흔두 명, 삼 층에 스물다섯 명, 총 육십 일곱 명이 이번에 폐기 처리되었습니다."

"현음의 성체로서 통과자가 열 명이라고 적혀 있는데 용문으로 보낸 성체는 이들뿐인가요?"

화연산의 그 말이 아니더라도 이 사건의 핵심적인 인물을 잡는다면 또 다른 증거를 찾아낼 수 있었다. 특히 '용문으로 보낸 애들.' 그 말에서 보듯 여자아이들의 일부가 아직 살아 있을 가능성이 있었다.

"알겠습니다. 내 그리하겠습니다. 한데 강호에 고발한 후에 담 형과는 어디에서 다시 만날까요?"

담사연은 잠깐 생각해 보고 대답했다.

"십일월 십육 일. 낙양 북문 앞에서 만나기로 하죠. 하면 그날 봅시다."

그는 말을 전한 다음 바랑에서 칠채궁을 꺼내 들곤 바로 뒤돌아섰다.

송태원이 말했다.

"상대는 사천의 검신검귀입니다. 부디 몸조심하십시오."

"걱정 마십시오. 이젠 내가 그들의 후방에 있습니다. 지옥 끝까지 추적해서라도 아이들의 원혼을 달래줄 것입니다."

담사연은 그 말을 끝으로 맹렬히 앞으로 달려갔다.

후방에 위치해 있다.

송태원은 이 말의 뜻을 당연히 모른다.

이 말의 뜻을 알려면 야랑이 신강에서 어떤 존재였는지 알고 있어야 한다.

어둠의 추적자. 악몽의 저격수.

그의 저격에 걸리면 대상이 누구이든 죽음에서 예외가 없다.

신마교의 교주도 그 때문에 완벽한 경호 없이는 일절 외부로 나오지 않았다.

지옥까지 추격 척살!

사천의 검신검귀는 지금 그들의 무림 인생 최대의 위기에 처해 있다.

6장

일천 리 추격 척살

　추격 일백 리, 산서성 백운곡(百運谷).

　백운곡은 산서성 최남단에 위치해 있다. 삼문협이 가까이 있기에 황하의 지류가 되는 물길이 산의 골을 타고 곳곳에서 흐른다. 이 때문에 예전에는 백 가지의 물길이 흐른다고 하여 백천(百川)이라 불리기도 했다.

　야랑이 점창파 검사들을 찾아낸 지점은 바로 그곳 백천 중의 청운천이다. 화음에서 추격한 시간으로 따져 보면 거의 다섯 시진, 아침에 추적하여 해질녘에 찾아낸 것인데 백지 상태에서 시작했다는 점을 고려해 보면 이는 절대 늦은 추격이 아니다.

추격자가 앞선 자의 발자국을 따라가는 것은 지극히 이론적인 이야기이다. 그러기 위해서는 반 시진 이내로 추격 거리가 가까워져야 하며 아울러서 잔풀이 자란 숲이나, 늪지대 등 종적을 남길 수 있는 환경 조건이 갖추어져야만 추적이 가능해진다.

야랑의 추적은 아쉽게도 그런 조건이 갖춰지지 못했다. 추적 대상은 행방이 묘연하고 추격할 지역은 광범위하다. 종적을 뒤쫓아 가려고 해도 흘러간 시간으로 인해 거의 지워진 상태다.

추적 요건이 단절된 것이나 마찬가지인데 이런 경우 추격의 끈을 그나마 다시 잡으려면 추적 대상의 목적지와 동선을 정밀히 예측해서 움직여야 한다.

점창파의 목적지를 예측할 수 있는 정보는 화연산이 문파의 핵심 제자들을 이끌고 산서로 왔다는 것, 그것 하나뿐이다. 단편적인 정보에 불과하지만 그는 이 점에서부터 추적의 실마리를 풀었다.

점창파는 동심맹주 매불립의 무림 정책을 적극적으로 지지하는 세력이다. 동심맹의 총단이 장안에 있으니 매불립과의 만남이 목적이라면 점창파는 사천에서 바로 섬서로 건너갔을 것이다. 그리고 단순히 동심맹주를 만나는 것이 목적이었다면 제자들을 대단위로 이끌고 사문을 나오지 않았을 것이다.

화연산이 삼대제자까지 인솔해서 사문을 나온 이유.

동심맹의 거점인 섬서를 제쳐놓고 산서로 건너온 이유.

점창파의 목적지와 동선은 바로 그 이유와 연계되어 있다.

낙양 성검산장 무림일성 군자성의 미수연!

그는 추적의 답을 그것에서 찾았다.

그날 정파와 사파의 핵심 인물들이 무림맹주 선출을 두고 한자리에 모여 회의를 한다. 점창파도 구대문파의 자격으로 당연히 그곳에 참석하는데 자파의 세를 과시하고자 삼대제자까지 이끌고 사문을 나왔을 것이다. 물론 동심맹주도 그곳에서 만날 수 있다.

결과적으로 그의 추적 동선 예측은 성공이다.

그는 산서에서 낙양으로 향하는 노선을 타고 남쪽으로 내려왔고, 몇 번의 실패 끝에 결국 청운천에서 점창파 무인들의 모습을 발견하기에 이르렀다.

표적의 꼬리를 잡은 지금 시점에서는 서둘러 추적에 나서지 않아도 된다. 이미 저격 노선에 들어왔다. 이런 경우 그는 추적의 전문가로서 절대로 표적의 움직임을 놓치지 않는다.

필요하다면 추격 대상의 발자국까지 찾아내서 추적할 수 있다.

"실수한 거야. 너희는 그때 날 죽였어야 했어."

그는 점창파 검사들이 추격을 눈치채지 못하도록 오십 장 이상의 거리를 두고 움직였다. 그런 한편 추격 중에 점창파 검사들의 구성원을 면밀히 파악해 두었다.

검신과 검귀.

신풍구협이라 불리는 일대제자 아홉 명.

이대제자와 삼대제자가 각각 열다섯 명,

전부 마흔한 명이었다. 화문당에서 사망자가 있었으니 사문을 나올 당시에는 아마도 그보다 인원이 더 많았을 것이다.

"숫자는 문제되지 않아."

정면 대결을 할 생각이 없기에 검사의 숫자는 저격을 막는 요소가 되지 않았다. 또한 검사들의 무력도 그다지 염려될 게 없었다. 산축금낭에서 칠채궁으로 태활십궁들을 척살했다. 그의 저격술이 무림인들에게도 통한다는 것을 증명한 것이다.

청운천을 지나 백운천에 당도할 무렵, 날이 어두워졌다.

검사들은 그곳 냇가에 야숙 진영을 차렸다. 그의 추격을 염두에 두지 않은 터라 경비는 없고 불침번으로 검사 한 명만이 야숙 진영 앞에 불을 피워 자리를 지켰다.

그는 낮은 포복으로 그곳을 향해 조심조심 나아갔다.

야숙 진영의 냇가 맞은편에 갈대밭이 있었다. 그는 그곳을 잠복지로 정하고 석궁 저격을 준비했다.

야숙 진영까지의 거리는 대략 이십오 장. 장뇌전을 쏘기에 적당한 거리다.

석궁의 조준구로 불침번 검사의 얼굴을 조준해 본다. 이십 대 청년의 얼굴이다. 이마에는 청색의 영웅건이 둘러져 있다. 점창파 삼대제자라는 의미이다. 검신과 검귀는 백색 영웅건, 일대제자는 흑색 영웅건, 이대제자는 적색 영웅건을 이마에 두른다.

그는 조준구에 잡힌 검사의 모습을 살펴보기만 할 뿐 장뇌전을 격발하지 않았다. 저격의 공포감을 최대한 조성하려면 첫 표적은 적어도 일대제자의 신분은 되어야 한다.

시간이 흐른다. 달이 뜨고 풀벌레 소리가 심야의 정적을 깨뜨린다. 그는 석궁을 조준한 자세로 미동도 하지 않는다. 저격은 기다림과 인내와의 싸움이다. 신강에서 그는 이 상태로 이틀 밤을 꼬박 지새운 적도 있다.

어둠이 물러가고 일출이 막 시작될 무렵이다.

조준구를 보던 그의 고개가 우측으로 살짝 기울어졌다. 조준구에는 새로운 표적이 잡혀 있었다. 흑색 영웅건을 두른 중년의 검사. 그가 노렸던 표적, 점창파의 일대제자였다.

표적이 백운천 수면 앞으로 걸어갔다. 그리고 그곳에서 주변을 매섭게 돌아봤다. 그는 조준 중에 내심 흠칫했다.

저격이 감지된 것인가?

하지만 그는 이내 다시 정밀 조준에 들어갔다. 이 거리에서 저격을 감지한다는 것은 신이 아니고선 불가능하다.

그의 생각이 옳았다. 주변을 돌아본 표적은 하체의 무복 끈을 재빠르게 풀곤 바지를 내려 냇물을 향해 시원하게 오줌을 갈겼다. 석궁의 조준구가 표적의 하물을 잠깐 맞추었다. 그리고 천천히 몸을 타고 올라와 표적의 미간을 정조준했다.

거리 이십오 장, 바람은 미풍, 표적지는 미간!

투웅!

석궁에서 장뇌전이 발사됐다.

＊　　　＊　　　＊

점창파 일대제자 신풍칠협 도욱송의 시신은 조식 조회를 앞둔 시점에서 발견됐다. 장소는 냇물 바로 앞이었고, 도욱송은 그곳에서 하물을 꺼내놓은 채 죽어 있었다. 일차 사인은 미간에 깊이 박힌 쇠뇌전이며 이차 사인은 독이었다. 표적을 확실하게 죽이고자 쇠뇌전의 촉에 치명적인 독을 발라놓은 것이다.

저격수의 출현은 전혀 예상하지 못한 일이다.

도욱송의 죽음에 검사들은 소스라치게 놀랐고 대책 마련을 한다며 부산을 떨었다.

당혹의 심정은 화연산과 조광생도 마찬가지였다. 도욱송의 죽음이 여러 가지로 납득이 되지 않는 것이다.

첫째로 저격의 원인이 분명치 않았다. 도욱송은 점창파에서 외부 활동을 거의 하지 않는 제자였다. 성격도 원만해서 청부 자객을 둘 만큼 원한을 가진 대상이 없었다.

둘째로 쇠뇌전 한 발에 저격을 당할 만큼 도욱송의 무공이 약하지 않았다. 저격을 예상 못했다고 하지만 사문의 무공 중에서 방비와 방어로 일절인 육명신공을 오랫동안 수련한 도욱송이었다. 최소한의 방어적 대응을 해야 마땅함에도 도욱송은 한 발의 쇠뇌전에 그만 무림 인생을 마쳐 버렸다.

"칠협은 죽는 그 순간까지 저격을 감지하지 못했습니다. 그의 감지 영역 밖에서 쇠뇌전이 날아왔던 겁니다."

"그렇습니다, 장문인. 최소 거리 이십 장이 넘는 장거리 저격입니다."

화연산과 조광생이 같은 결론에 도달했다. 물론 의문은 아직 남아 있었다.

점창파 일대제자 신풍일협 유번이 그 의문을 거론했다.

"원거리 무기는 거리가 멀면 위력이 상대적으로 약해집니

다. 이십 장을 날아온 쇠뇌전 한 발에 칠협이 당했다는 것이
저는 믿기지 않습니다."

무림인으로 대상의 범위를 좁혀 보면 유번의 말은 꽤 설득
력이 있었다. 거리가 가까우면 무인의 감지력에 걸려 반격을
당하고 거리가 멀면 무기의 위력이 약해져서 내공을 소유한
무인에게 큰 해를 끼칠 수 없다. 무림의 정설 중의 하나였다.

조광생이 도욱송의 미간에 박힌 쇠뇌전을 뽑아내어 살펴
보곤 말했다.

"정설이 항상 정답은 아냐. 가끔은 정설을 깨는 일들이 벌
어지지. 그게 바로 무림의 일이야."

말 이후 조광생이 쇠뇌전을 화연산에게 던졌다. 장문인에
게 불손한 행동이지만 화연산은 쇠뇌전을 받아서 이리저리
살펴볼 뿐 그 점에 대해선 아무런 감정을 표현하지 않았다.

조광생은 화연산의 직계 사형이다. 화연산이란 존재가 없
었다면 점창파의 장문인은 당연히 조광생의 몫이다. 그러한
조광생에게 화연산은 사형의 예를 깍듯이 다할 뿐, 장문인의
권위를 내세우지 않는다. 하나의 산에 두 마리의 호랑이를 두
고도 단합이 유지되는 것은 바로 그런, 조광생을 향한 화연산
의 극진한 예우가 있었기 때문이다.

"사형의 말씀이 옳습니다. 암살자는 석궁 사용에 고도의
능력을 소유한 자입니다. 어쩌면······."

화연산이 말끝을 흐렸다. 검사들이 화연산을 주목했다. 화연산은 말을 잇지 않고 뒤돌아섰다.

"나머지는 사형께서 알아서 조치하십시오. 저는 생각을 조금 더 해봐야 하겠습니다."

조광생이 화연산의 뒷모습을 잠시 주시해 보곤 다음 조치를 내렸다.

"칠협의 사체를 묻어주고 검을 세워 점창파의 위패를 만들어라. 칠협의 몸은 사천으로 돌아갈 때 회수한다. 아울러 지금부터 사주경계를 철저히 하며 움직인다. 저격수가 아직 우리 주위에 맴돌고 있을 가능성이 있다."

조광생도 명을 내리고 뒤돌아섰다. 전방의 화연산은 백운천을 바라보며 무언가 생각 중이다. 조광생은 그 모습을 보며 고개를 끄덕였다. 화연산의 생각과 그의 생각은 아마도 대동소이할 것이다.

추격 이백 리, 산서성 삼문협.

대륙의 명소 삼문협은 하남성과 산서성이 서로 맞닿는 경계 지역에서 흐른다. 삼문협의 물살은 천지를 진동하면서 흐른다고 알려질 정도로 거세다. 그러기에 산서에서 하남으로 안정되게 건너가고자 한다면 사람이 들락거리는 인문, 귀신이 들락거리는 귀문, 신이 들락거리는 신문, 그 삼문 중에서 인문을 통해 나가야 한다.

담사연의 이차 저격지는 바로 그곳 인문으로 나가기 직전의 산길이었다.

그는 일차 저격 후에 의도적으로 저격에 나서지 않았다. 저격의 원인이 분명치 않기에 표적들은 대책 마련에 혼선을 겪고 있었다. 그의 저격이 단발성인지 아닌지조차 판단을 못하는 모습이었다. 그래서 그런 혼선이 증폭될 시간을 의도적으로 준 것이었다.

안전한 저격 장소가 마땅치 않았다는 점도 있었다.

사주 경계를 하며 움직이는 표적들이었다. 그가 저격에 들어가면 즉각적으로 저격 지점을 찾아 반격에 나설 것이었다. 이십 장의 거리는 하수에겐 충분히 먼 거리이지만 고수를 상대로는 안전을 확신하는 거리가 되지 못했다. 조광생이나 화연산 정도의 무인이라면 이십 장의 거리는 숫자 열을 헤아리기도 전에 주파해 버린다. 그러기에 무엇보다 저격 후에 도주로가 확보된 잠복지가 필요했다.

그곳이 바로 이 자리, 전방으로는 산길이 내려다보이고, 등 뒤로는 삼문협의 거친 강줄기가 흘러가는 단애가 위치한 암반지대였다.

잠복 대기 반 시진.

그는 전방의 산길을 내려다보며 눈을 빛냈다. 삼문협을 향하는 산길로 점창파의 검사들이 들어서고 있었다.

석궁에 속뇌전 다섯 발과 강뇌전 두 발을 장착한다. 이번엔 정확한 조준 사격이 아니다. 조준구에 들어오는 표적은 전부 저격한다. 죽지 않아도 상관없다. 추격전의 효율성을 높인다는 측면에서 부상자만 많이 만들어내도 저격의 성과는 충분하다. 추격당하는 조직 내에 부상자가 있으면 그 소속원은 원활하게 대외 활동을 하지 못한다. 신강에서도 이 점을 이용해 추격하는 적들을 일부러 죽이지 않고 상처만 입힌 적이 있다.

조준구에 일선의 검사들이 포착된다. 화연산과 조광생은 검사들 무리의 중앙에서 움직이고 있다. 조금은 아쉽다. 그들이 선두에 있었다면 일 순위로 표적이 되었을 것이다. 그는 격발의 고리에 손가락을 넣고 첫 표적을 향해 조준구를 맞추었다.

표적 삼대제자! 거리 십오 장!

투웅!

속뇌전이 발사됐다.

퍽!

공간을 가른 속뇌전이 표적의 가슴을 관통했다.

표적이 걸음 도중에 쓰러지자 검사들은 저격이라고 소리치며 검을 빼 들었다.

그의 조준은 계속된다.

검을 가장 먼저 빼 들고 앞으로 나온 이대제자, 두 번째 표적이다.

"윽!"

표적이 배를 부여잡고 쓰러진다. 속뇌전이 복부에 꽂혔는데 생사는 중요하지 않다. 지금의 저격은 최대한 사상자를 많이 내는 것에 목적이 있다.

투웅! 투웅!

세 번째 속뇌전과 네 번째 속뇌전이 연이어 날아간다.

적색 영웅건을 두른 검사의 뒤통수에 세 번째 강뇌전이 꽂힌다.

네 번째 강뇌전은 아쉽게도 조광생이 휘두른 검에 의해 공중에서 튕겨 나간다.

조광생이 저격을 막아냈다는 것은 곧 쇠뇌전이 날아온 방향을 찾아냈다는 뜻. 조광생은 일 검 발휘 후 저격 지점으로 몸을 와락 돌리곤 무섭게 내달린다.

화연산은 그런 조광생보다 조금 더 빠르게 단애가 위치한 암반지대로 달려온다.

잠복지가 들켰다.

그는 석궁을 들고 일어나 등 뒤의 단애로 달려갔다.

"달아날 수 없다!"

등 뒤에서 화연산의 음성이 들려온다.

잠깐 사이에 십오 장의 거리를 달려온 화연산이다. 아마도 날아왔다고 해야 할 것이다.

단애의 끝에 거의 다다랐다. 단애 아래로는 황하의 물길이 거세게 흐른다.

그는 그곳으로 달려가던 중에 몸을 뒤돌려 강뇌전이 걸린 석궁을 격발시켰다.

파앙!

엄청난 속도로 날아가는 강뇌전!

화연산으로서는 막든가 피하든가 결정해야 한다.

화연산은 허공답보의 신법 중에 허리를 우측으로 비틀었다. 달려가는 속도를 줄이지 않고자 후자를 선택한 것이다.

"아악!"

"으윽!"

화연산의 등 뒤에서 점창파 검사들의 비명이 잇달았다. 화연산은 강뇌전을 보고 피했지만 화연산을 뒤따라 달려온 검사들은 그것을 전혀 인지하지 못한 채 강뇌전의 밥이 되어버렸다. 화연산의 얼굴이 이 순간 구겨졌음은 물론이다.

슈웅!

강뇌전이 다시 날아간다.

화연산은 이번엔 피하지 않고 손바닥을 앞으로 내밀었다. 사문의 회오리 장법, 선풍장이다.

콰앙!

선풍장에 강뇌전이 박살 났다.

하지만 정면 격돌의 여파로 화연산의 경공도 속도가 현저히 줄었다.

"장문인! 엎드리시오!"

조광생의 음성이 들려왔다. 음성에 뒤이어 화연산의 등 뒤에서 강력한 검풍이 일었다.

모든 것을 쓸어버리는 검폭사의 발휘!

화연산은 바닥에 엎드리는 것이 아닌 공중 도약으로 하늘 높이 치솟았고, 그 순간 검기의 폭풍이 화연산의 발아래를 지나 쇠뇌전이 날아왔던 장소를 직격했다.

콰콰콰쾅!

주변의 암반이 박살 나며 돌가루와 부스러기가 파편처럼 튀겼다.

화연산이 허공에서 신체를 뒤집어 암반이 파괴된 장소에 착지했다.

검폭사가 직격된 지점.

조광생은 그곳에서 단애 아래의 물길을 내려다보고 있었다.

화연산이 물었다.

"놈은?"

조광생이 황하를 주시하며 고개를 저었다.

자객이 황하로 뛰어들었다는 뜻이다.

화연산은 삼문협 인근의 강변을 살펴봤다. 세찬 물길만 보일 뿐 어디에서도 자객의 모습은 보이지 않았다.

조광생이 말했다.

"그놈입니다. 화문당에서 지수검을 발휘해 우리와 싸웠던 바로 그놈."

화연산은 도욱송을 저격했던 쇠뇌전을 꺼내 들곤 자객의 정체에 대해 조금 더 정확히 접근했다.

"그자는 석궁 하나로 태활금을 궤멸에 가깝게 피해를 입힌 자객, 아비객일 것입니다."

조광생이 물었다.

"아비객이 왜 우리를 노릴까요? 누군가가 점창파를 청부했다는 겁니까?"

화연산은 고개를 저었다.

"모르지요. 직접 잡아서 입을 열어보기 전에는……."

말과 함께 화연산은 주먹을 드세게 말아 잡아 손 안의 쇠뇌전을 부숴 버리곤 그 찌꺼기를 황하의 드센 물길로 내던졌다.

단신으로 점창파를 공격한 자객.

이유가 무엇이든 반드시 응징하겠다는 뜻이다.

추격 삼백 리, 하남성 평안.

삼문협을 건너온 점창파 검사들은 하남성 북부 도시 평안으로 들어와 두 번째 밤을 맞이했다. 최종 목적지는 낙양 성검산장. 그 점을 감안하면 길을 돌아서 왔다고 할 수 있는데 이는 자객의 저격을 염려한 때문이었다.

골짜기나 산야는 저격 장소가 되기에 용이했다. 실제로 두 차례에 걸친 저격도 그런 환경에서 이루어졌다. 그래서 그 후로는 시야가 트인 관도를 타고 움직였고, 밤이 깊어서는 안전한 숙박 장소와 부상자 치료를 겸해서 사람이 많이 살아가는 도시로 들어왔다.

숙박은 저자의 객잔을 통째로 빌려 해결했다. 아울러서 제자들에게는 특별한 사유가 없는 한 숙소 밖으로 나가지 못하도록 명을 내렸다.

술시 말 무렵, 점창파 일대제자 신풍삼협 주강설은 숙소를 몰래 빠져나와 평안 저자의 북쪽에 위치한 평산촌으로 향했다.

평산촌은 주강설이 나고 자란 곳이었다. 열다섯 살에 평안을 떠나 점창파에 입문했으니 그로선 거의 이십오 년 만에 고향을 방문했다고 할 수 있었다.

"잠시만 모른 척해 줘. 얼굴만 한번 보고 올 거니까 문제는 없을 거야."

숙소를 나가기 전 그의 사문 동기인 신풍사협 진평성에게 외출의 이유를 전했다. 주강설의 부모는 오래전에 삶을 마쳤지만 하나뿐인 여동생은 아직 평산촌에서 살아가고 있었다. 올해 초에 서신을 받았을 때 여동생은 늦둥이를 낳았다고 전하며 고향에 한번 들러주기를 원했다. 그때 그는 사문의 일대 제자로서 할 일이 너무 많아 여동생의 청을 들어주지 못했다. 그게 마음의 짐이 되어 늘 동생에게 미안했는데 이번에 평안에서 하룻밤을 보내게 되자 그로선 여동생이 살고 있는 평산촌에 안 가볼 수가 없었다.

"잘살고 있을 거야. 암, 암."

동생을 만날 생각을 하자니 걸음도 가벼워진다.

그렇게 평산촌까지 백여 장 남은 시점이었다. 맞은편 길에서 이십 대 중반의 취한이 갈지자 행보로 다가왔다. 만취한 상태인 듯 취한은 알아들을 수 없는 노래까지 중얼댔다.

주강설은 취한의 모습을 잠시 살펴보곤 길 한쪽으로 비켜섰다. 사문의 엄명을 어기고 밖으로 나왔다. 취객과의 사단은 미연에 방지할 필요가 있었다.

"끄으! 끄으!"

취한은 주강설의 앞을 지나갈 때 구역질을 연방 해댔다. 그러다가 갑자기 주강설을 향해 확 달려왔다. 공격이 아닌 주강설 뒤편의 담벼락에 목적이 있었다. 주강설은 눈살을 찌푸리며 한 번 더 옆으로 비켜섰다. 취한은 주강설을 지나 담벼락 앞에 쪼그리고 앉아 뱃속의 내용물을 꽥꽥 게워내기 시작했다.

얼마나 퍼마셨는지 술 냄새가 코를 찌른다.

주강설은 잠깐 생각하다가 취한에게 다가가 기맥 순환에 도움이 되는 혈도 두어 곳을 눌러주곤 등을 두들겼다. 효과가 있었다. 취한의 입에서 엄청난 양의 토사물이 쏟아졌다.

취한이 등을 돌린 자세로 말했다.

"뉘, 뉘신지 모르지만 고맙소이다."

취한이 조금 진정된 모습을 보이자 주강설은 타이르듯 말했다.

"많이 드신 것 같은데 밤이 늦었으니 어서 집으로 돌아가십시오."

취한이 한 번 더 구역질하고는 말했다.

"죄송한데 한 번만 더 등을 두들겨 주시면 안 되겠습니까. 빈속에 마신 술이라 뱃속이 엉망입니다."

"흐음, 뭐 어려운 일도 아닌데 알겠소이다."

주강설이 다시 사내의 등을 두들겨 주었다.

취한은 헛구역질만 할 뿐 토사를 쉽게 하지 못했다.

더는 게워낼 게 없는 모양이다.

주강설이 그런 생각으로 한 걸음 물러날 때였다.

척!

취한이 등을 돌린 자세에서 손을 뒤로 내밀어 주강설의 바짓가랑이를 잡았다.

"왜?"

"……."

그의 물음에 취한이 무어라고 답을 했는데 음성이 너무 작아 알아들을 수가 없었다. 그 말을 알아듣고자 주강설이 취한의 얼굴 앞까지 허리를 바짝 숙였다. 취한의 음성이 다시 들려왔다.

"쉽다고. 너무 쉬워서 능광검 사용도 아깝다고."

"무슨?"

주강설이 찜찜한 심정으로 멈칫했다.

그러나 무엇을 느꼈던 이미 상황은 돌이킬 수 없다.

푸욱!

주강설의 배에 칼날이 깊숙이 박혔다. 칼날은 취한의 팔꿈치에 장착되어 있었다.

취한이 등을 돌려 주강설을 쳐다봤다. 취한의 오른손에는 토사물이 흥건히 묻은 짱돌이 들려 있었다.

확인 척살이다.

퍽!

취한은 주강설의 정수리에 짱돌을 처박아두곤 갈지자 행

보로 다시 저자를 걸어갔다.

*　　　*　　　*

"이게 대체 뭐하는 짓거리야! 이러고도 너희가 진정 점창
파의 검사라고 할 수 있느냐!"

조식 점호에서 조광생이 불같이 화를 냈다.

간밤에 세 명의 검사가 자객의 살수에 당했으니 당연한 반
응이었다. 그 세 명은 외출을 삼가라는 사문의 명을 어기고
객잔 밖으로 나간 이대제자와 삼대제자들이었다.

이 위급한 시기에 명을 어긴 것도 화가 날 일이지만 더 기
가 막힌 것은 검사들을 죽인 무기에 있었다. 사망자 둘은 저
자에서 흔하게 볼 수 있는 도끼와 칼에 당했고 나머지 하나는
무기도 아닌 짱돌에 머리가 박살 나서 죽었다.

점창파의 검사가 이렇게 삶을 마쳐서는 안 되었다. 삼대제
자라 하더라도 검공 수업에 증진한 세월이 최소 십 년이었다.
그런 제자들이 저잣거리 하류 인생의 싸움 방식으로 죽는다
면 이건 점창파의 수모이자 무림 인생의 모욕이었다.

"어이가 없군. 우리를 대체 얼마나 얕봤으면……."

치욕감을 느끼는 것은 화연산도 마찬가지였다. 자객이 눈
앞에 있다면 화연산의 심정만으로도 사지를 녹여 버렸을 것

이다.

"장문인, 아무래도 입단속을 시켜야 하겠습니다."

조광생의 말에 화연산은 동의했다. 제자들의 연이은 죽음에 가슴이 부글부글 끓고 있지만 그렇다고 이를 대외적으로 알려 자객을 수배할 수는 없었다. 화문당 전투까지 포함하면 자객의 살수에 당한 검사가 무려 열일곱 명. 거기에다 오늘의 사인이 강호에 알려지면 점창파의 명성은 하루아침에 바닥으로 떨어질 것이다.

"사형께서 뒷일을 마무리해 주십시오. 나는 자객에 잡을 방책을 구상해 보겠습니다."

화연산은 조광생에게 사안 처리를 맡기고 숙소로 올라갔다. 문파의 수장은 어떤 상황에서도 평정심을 유지해야 한다. 홀로 된 공간에서 사문의 심법으로 들끓는 가슴을 진정시켜 볼 요량이다.

하지만 숙소에 올라간 화연산은 자객을 잡을 작전도 구상하지 못했고, 가슴을 진정시킬 연공의 시간도 얻지 못했다.

일대제자 주강설의 죽음!

주강설이 머리가 박살 난 시체의 모습으로 객잔에 실려 온 것이다.

"말, 말도 안 돼!"

객잔으로 뛰어 내려온 화연산은 주강설의 모습을 보며 불신의 음성을 중얼댔다. 신풍구협 중에서도 무공과 기지가 출중했던 주강설이다. 그런 일급 검사가 대항도 제대로 못 해보고 짱돌 따위에 머리가 깨져 죽었다. 있을 수도 없고 있어서도 안 되는 일이었다.

조광생이 진지한 얼굴로 말했다.

"장문인, 자객은 우리의 생각 이상으로 강한 무력을 소유했습니다. 또한 자객은 특정한 대상 없이 점창파 검사들 전부를 노리고 있습니다. 대책을 새로이 마련해야 합니다."

대책을 새로이 마련.

평소라면 조광생의 입에서 이런 주장은 절대로 나오지 않는다. 그만큼 이번의 사태가 심각하다는 것을 의미한다.

신풍일협 유번이 물었다.

"어떡할까요? 일단 점창파로 돌아가서 전열을 새로이 정비할까요?"

"아니."

화연산과 조광생은 동시에 고개를 저었다. 유강의 말은 바른 대책이 되지 못한다. 점창파로 돌아가면 전력이야 한층 강화되겠지만 그건 어디까지나 나중의 일이다. 당면한 문제는 지금 이곳에 있는 제자들의 안위이다.

궁마를 척살했던 특급 자객.

그 자객이 밤낮을 가리지 않고 제자들의 목숨을 위협하고 있다.

화연산이 말했다.

"사천은 이곳에서 너무 멀리 있다. 대책 없이 사문으로 돌아가다가는 제자들의 희생이 막대할 것이다."

"하면?"

"지금으로써는 일정을 앞당겨 성검산장으로 들어가는 것이 최선의 대책이다. 아비객의 저격술이 아무리 대단해도 그곳에서는 함부로 준동하지 못할 것이다."

성검산장으로 향하는 과정에서 대륙의 점창파 지부를 돌아본다는 계획을 세우고 사천을 나온 점창파였다. 자객의 저격을 염려해서 그 계획을 수정해야 한다고 생각하니 분하고 수치스럽지만 현재 상황에서는 어쩔 수가 없었다. 자객은 암중에서 활개치고 제자들은 크게 동요하고 있었다. 안전한 장소에서 전열을 재정비하지 않고는 제자들의 목숨을 지켜낼 수가 없었다.

화연산이 조광생을 돌아보며 결정을 내렸다.

"평안에서 낙양 성검산장까지는 대략 칠백 리입니다. 다소 먼 길이긴 하지만 최대한 빠르게 달린다면 내일 아침까지는 도달할 수 있으리라 봅니다. 지금 출발할 테니 사형께서 제자들을 인솔해 나와 주십시오."

화연산의 명을 받은 조광생은 훨씬 더 단호하고 정확하게 지시를 내렸다.

"장문인의 말씀을 모두 새겨들었느냐? 목적지는 낙양 성검 산장! 도착 시각은 내일 아침 진시! 이동 중에 휴식은 없다. 볼일도 달리면서 본다. 낙오자는 모두 버리고 갈 것이며 고의 이탈자는 사문으로 돌아가는 즉시 엄중히 문책한다!"

조광생의 지시를 들은 검사들은 안색이 잿빛으로 변했다.

하룻밤에 칠백 리 주파.

무림인이라고 한들 절대로 쉬운 일이 아니다.

"명심해라! 아비객이 우리의 등 뒤에 있다. 우리가 움직임을 멈추면 놈의 살수가 즉각적으로 날아올 것이다!"

조광생의 이어진 말에 검사들은 후다닥 짐을 챙겨 객잔을 뛰어 나갔다.

검사들도 눈이 있고 귀가 있다. 최근의 강호에서 가장 화제가 되는 인물은 아비객이다. 특히 궁마의 척살 과정이 강호에 알려진 이후로 아비객은 그야말로 죽음의 사자로서 전 무림을 공포로 몰아넣고 있다.

등 뒤에서 따라오는 지옥의 자객.

멈추면 죽는다.

이젠 방법이 없다. 목구멍에서 신물이 넘어올 때까지 달릴 수밖에.

추적 사백 리 하남성 낙음.

정오 무렵, 점창파 검사들이 서북관도를 통해 낙음으로 들어와 도심을 내달렸다. 서른두 명의 집단적인 달리기이다. 검사들의 느닷없는 출현에 저자는 큰 소동을 빚었고, 이들의 집단적인 질주를 구경하고자 집 안에 있던 사람들까지 영문도 모른 채 밖으로 나왔다.

검사들은 백 리를 한 시진도 되지 않아 주파했다. 경신법에 능숙한 무림인들 입장에서는 그다지 빠른 시간이 아닌데 그것은 백 리의 거리로 한정했을 때 통용되는 이야기였다.

검사들의 최종 목적지는 낙양을 한참 지난 성검산장.

그곳까지는 최소 칠백 리였다. 체력 안배와 내공 조절 없이 칠백 리를 전력으로 줄곧 내달릴 수는 없었다. 그렇게 달리다가는 극심한 체력 소진과 내공 소모로 말미암아 목적지에 도착해 보지도 못하고 중간에 퍼져 버릴 것이었다.

물론 예외는 있었다. 검신과 검귀는 칠백 리를 쉬지 않고 달려가는 것이 가능했다. 마음먹기에 따라서 그들은 도착 시간도 훨씬 단축할 수 있었다. 사실, 그들 두 사람뿐이었다면 자객의 살수를 피해 이렇게 달려가지도 않았을 것이다.

"장문인, 제자들의 희생에 마음을 두지 마십시오. 이놈들을 더 강하게 키운다는 측면에서 오늘의 일은 전화위복이 될 수도 있습니다."

조광생이 달려가는 중에 화연산을 돌아보며 말했다.

무슨 뜻으로 말했는지 화연산도 알고 있다.

점창파는 지난 백 년 동안 구대문파의 말석을 차지했다. 그래서 한때는 점창파의 구대문파 자격을 두고 큰 논란이 있었고, 점창파 대신 사천의 신흥 세력으로 부상 중인 숭인문으로 구대문파를 재설정해야 한다는 여론이 강호에 형성됐다.

점창파의 퇴출 위기를 구한 정책은 바로 구세대의 퇴출, 신진세대의 등용이었다. 그 결과로 화연산이 스물아홉 살의 젊은 나이에 전격적으로 점창파의 장문인직에 올랐다. 아울러서 화연산보다 배분이 높은 구세대 검사들, 이른바 점창구십팔숙은 전원 이선으로 물러나서 인재 양성에만 힘을 쏟았다.

화연산의 등극 이후 점창파는 쇄신을 거듭했다. 젊은 인재를 오대제자까지 발굴해 문파의 내실을 키웠고, 외부적으로는 검신과 검귀로 일컬어지는 화연산과 조광생의 활약을 앞세워 사천의 무파를 차례로 제압했다.

남은 문제가 있다면 신진 검사들의 실전 경험을 채우는 일이었다. 신풍구협을 제외한 오대제자까지는 문파에서 수련만 했을 뿐 무림의 실전 경험이 거의 없었다. 아비객과의 격돌에서 검사들이 무력을 제대로 사용해 보지도 못하고 삶을 마치게 된 것도 따져 보면 그런 점에 기인되어 있었다. 만약 점창구십팔숙 같은 노련한 검사들이 이번에 화연산과 같이 출행했다면 자객의 살수가 아무리 대단한들 지금처럼 몸을 피신하는 결과는 나오지 않았을 것이다.

"사형의 생각이 옳습니다. 점창의 검사들은 이번 일을 계기로 더 강해질 것입니다."

화연산은 조광생을 돌아보며 공감의 뜻을 나타냈다. 물론 그렇다고 그의 마음 한구석 착잡함이 전부 가신 것은 아니었다. 사문을 나올 때 오십 명의 검사를 대동했다. 그들 전부가 점창파의 미래나 다름없는 소중한 자산이거늘 벌써 열여덟 명이나 자객의 살수에 희생됐다. 앞으로 더 죽지 말란 보장이 없는데 만약 이들까지 전부 죽어버린다면 그건 점창파의 이십 년 노력이 물거품으로 사라진다는 뜻과 같았다.

'지켜야 해. 더는 제자들을 희생할 수 없어.'

점창파의 빛나는 미래는 검신과 검귀의 활약으로 완성되지 않는다. 두 사람의 활약에 못지않을 정도로 신진 검사들이 왕성한 무림 활동을 해야만 점창파의 미래가 완성된다.

화연산이 내심 각오를 다지던 그때였다.

검사들의 질주를 구경하던 구경꾼 중의 한 명이 화연산이 지나간 시점에 맞추어 관도를 대각으로 가로질러 건너편 이층 건물 속으로 뛰어들었다. 건물 안에 뛰어든 흑의인은 곧 이 층의 창가에서 다시 모습을 드러냈다. 창가에 기대어 서서 석궁을 조준한 자세였다.

슈욱! 슈욱!

쇠뇌전 두 발이 검사들의 머리 위를 지나갔다. 표적은 검사들이 달리고 있는 전방의 객잔 상층부였다.

쿠앙!

화약 폭발음과 함께 객잔 상층부가 박살 났다.

건물의 잔해가 그 아래에 모여 있던 구경꾼들을 뒤덮었다. 사람들이 비명을 지르며 저자의 중앙으로 뛰쳐나왔다.

슈욱! 슈욱!

화약이 걸린 쇠뇌전이 다시 검사들의 머리 위로 날아갔다.

이번의 표적 역시 구경꾼이 몰려 있는 반대편 건물의 상층부였다. 건물의 상단부가 박살 나자 그곳 아래에 모여 있던 사람들도 저자 중앙으로 와르르 뛰쳐나왔다. 양쪽에서 사람들이 몰려나오자 저자는 극심한 혼란에 휩싸였다. 사람들이 서로 부딪쳐 부상자가 속출했고, 목소리가 안 들릴 정도로 고함과 비명이 쏟아졌다.

"이런!"

저자가 인파로 막히자 화연산이 경신을 와락 멈추었다. 조광생도 거의 동시에 달리기를 멈추고 몸을 뒤돌렸다. 일대제자들은 두 사람을 따라붙고 있었지만 나머지 이대제자와 삼대제자는 저자의 인파에 파묻혀 오도 가도 못하고 있었다.

"바보 같은 놈들!"

조광생이 눈썹을 곤두세웠다.

자객이 의도적으로 발생시킨 소란 상황이다. 희생을 감수해도 되건만 무력을 사용해서 빠져나온다는 생각을 못하고 있었다.

"하아!"

조광생은 검병을 돌려 잡아 바닥에 내리찍었다.

꽝!

대지를 쪼갠다는 검폭지의 발휘!

지진이 발생한 것처럼 땅바닥이 뒤흔들렸다. 그와 동시에 저자 중앙에 몰려 있던 사람들이 와르르 쓰러졌다.

점창파 검사들은 검폭지에 단련되어 있기에 그나마 선 자세를 유지하고 있었다.

조광생이 소리쳤다.

"멍청한 놈들! 칼은 적을 죽일 때만 사용하는 것이 아니다! 방금과 같은 일이 또 발생한다면 그땐 무력으로 진압하고 길을 낸다. 알겠느냐?"

검사들을 각성시키는 의도는 좋은데 조광생이 염두에 두지 않은 것이 하나 있었다.

자객의 공격이 아직 끝나지 않았다는 것이다.

슈웅!

쇠뇌전 한 발이 검사들의 등 뒤에서 날아왔다.

퍽! 퍽!

일발이살!

하나의 쇠뇌전에 두 검사의 등이 연속으로 관통되었다.

그 순간 나머지 검사들은 좌우로 흩어져 몸을 방어했고, 조광생은 검막을 일으켜 앞으로 뛰쳐나왔다.

"아비객! 당장 나와! 나도 한번 죽여보란 말야!"

좌우사방 어디에서도 자객의 모습이 보이지 않자 조광생은 분한 심정으로 소리를 고래고래 질러댔다.

그런데 조광생의 이 말은 의도치 않게 주변인들에게 큰 파장을 불러왔다.

"아, 아비객?"

바닥에 쓰러졌던 사람들이 화들짝 놀란 얼굴로 일어났다. 그리고 그 놀란 심정에 불길을 퍼붓는 매개체가 되는 쇠뇌전 한 발이 다시 날아왔다. 이번엔 화약이 걸린 쇠뇌전이었다. 쇠뇌전은 이대제자의 머리를 정통으로 맞추었고 그 검사는 선 자세 그대로 머리가 터져 버렸다.

"까아악!"

"아비객이 나타났다!"

공포심에 사로잡힌 사람들이 소리를 질러대며 뛰어다녔다.

사람과 사람이 부딪히는 저자. 땅바닥에 쓰러져서 발에 짓

밟히는 사람들.

저자는 이제 통제가 안 되는 난장판으로 변했다.

이 상태로는 자객의 살수를 도저히 막아낼 수 없다.

화연산이 급히 명을 내렸다.

"돌격 진영을 구축해 이곳을 빠져나간다! 장애물이 있다면 대상이 누구이든 검을 사용한다. 이상!"

화연산이 검갑을 휘두르며 직접 인파를 뚫고 나갔다.

일대제자를 시작으로 이대제자와 삼대제자가 그 뒤에 따라붙었다. 최후방에 남은 이는 조광생. 조광생은 떠나기 전, 저자의 바닥에 쓰러져 있는 부상자 둘을 무겁게 쳐다보며 말했다.

"점창파의 검사로서 명예를 지켜야 한다. 알겠느냐?"

조광생의 말에 부상자 둘이 힘겹게 검을 손에 잡았다. 조광생은 그들의 모습을 잠시 주시하곤 뒤돌아 달려갔다.

점창파는 어떤 상황에서도 검사들의 자진을 허용하지 않는다. 따라서 명예를 지키라는 것은 곧 자객에 맞서 끝까지 싸우라는 뜻이다.

부상자 검사 둘은 검을 들고 일어나 점창파가 달려간 후방을 막아섰다. 독이 발린 쇠뇌전에 등이 뚫린 상태다. 시간이 지나면 어차피 죽을 것이니 자객과 최후의 대적을 벌인다는 심정이다.

후방을 막아선 지 반각, 혼란한 저자 속에서 흑의 사내가 석궁을 조준한 자세로 검사들을 향해 걸어왔다. 검사들은 검을 가슴 앞으로 세워 들었다. 이 사내가 아비객이라는 것은 보는 순간 알 수 있었다. 흑의 사내는 검사들을 오 보 앞둔 지점에서 석궁을 어깨 뒤로 돌려 걸고는 양손을 지면 아래로 내렸다.

중지와 검지를 붙인 손가락.

지잉!

은빛의 검이 그 손가락 끝에서 길게 뻗어 나왔다.

흑의 사내는 은빛의 검을 검사들에게 겨누며 말했다.

"결정할 기회를 주겠다. 선택해. 내게 죽을래, 아니면 니들 스스로 죽을래."

말을 할 때 사내의 눈동자는 은색으로 완연히 물들었다.

그 모습을 본 검사들은 하얗게 얼어붙었다. 사문의 명예를 지키는 것과 대적의 각오는 이 순간 먼지처럼 사라졌다. 공포심이 극대화되면 무공의 수준과는 상관없이 대적 자체가 안 된다. 아비객을 눈앞에서 접한 검사들의 지금 심정이 바로 그렇다.

7장

조망산 기습섬멸전

추격 오백 리, 하남성 낙선평.

점창파 검사들은 낙음의 저자를 빠져나온 후, 하남의 곡창 지대로 유명한 낙선평야까지 쉬지 않고 내달렸다.

거리상으로는 칠십 리, 시간상으로는 한 식경, 칠십 리를 한 식경에 주파했다면 절정의 경공 고수가 아닌 다음에야 전력으로 경신법을 사용했다는 뜻인데 이는 상부의 명령이 아닌 검사들 스스로 움직인 결과였다.

화연산과 조광생은 오히려 경신의 속도를 늦추라고 명했다. 이런 속도로 계속 달리면 얼마 가지 않아 내력이 고갈되고 체력이 소진될 것은 뻔한 일이었다.

문제는 속도를 줄이라는 그 명도 검사들에게 잘 먹히지 않는다는 것에 있었다. 속도를 늦추라고 말하면 입으로는 명을 받들면서도 얼마 가지 않아 마치 경주를 하듯 경쟁적으로 신법을 펼치는 제자들이었다.

제자들이 그렇게 빨리 달린 이유를 조광생과 화연산이 모를 리 없었다. 심정으로 하자면 경신을 멈추고 단단히 혼을 내고 싶지만 상황이 워낙에 다급했던 터라 일단 모른 척해 주었다.

그렇게 백 리를 넘어서게 되자 우려했던 부작용이 나타나기 시작했다. 검사들 중에서 일부가 경신 대열에서 현저히 뒤로 떨어져 나와 움직였다. 자객의 살수에 부상을 당한 제자들인데 강제적인 수단으로 통할 단계가 아니었다. 대열에서 처진 검사들은 금방이라도 쓰러질 듯 가쁜 숨을 토하며 다리를 후들댔다.

유번이 그들을 돌아보곤 말했다.

"장문인, 이대로는 안 되겠습니다. 경신을 잠시 멈추어야겠습니다."

화연산은 눈살만 찌푸릴 뿐 말이 없었고, 휴식의 명은 조광생의 입에서 나왔다.

"이곳에서 한 식경 동안 쉬고 간다. 장문인과 내가 경계를 봐줄 테니 제자들은 운기조식으로 심신을 회복하도록 해라."

휴식이 없다고 명했던 조광생이지만 이번 사안에 대해선 의외로 화를 내지 않았다. 운기조식을 할 동안 경계를 봐준다는 말도 평소의 성정에 비추어 상당히 이례적인 일이었다.

검사들이 경신을 멈추고 원형으로 모여 앉았다. 검사들이 운기조식에 들어가자 화연산과 조광생은 자객의 살수에 대비해 주변을 면밀히 경계했다. 다행이라면 이곳은 사방이 트인 들판지대였다. 사정거리 삼십 장 안쪽으로는 자객의 잠복지가 될 만한 장소가 없었다.

주변을 경계하던 중에 화연산이 문득 조광생을 건너다봤다. 이런 조치를 내린 이유를 묻고 있는 것이다.

"채찍질만이 능사가 아닙니다. 때로는 당근을 주는 것이 훨씬 더 효력이 있지요."

"아, 네. 그렇군요."

화연산은 고개를 끄덕였다. 조광생의 생각과 조치가 옳았다. 이럴 때의 모습을 보면 조광생이야말로 문파의 수장 같았다.

화연산이 유번을 돌아보며 물었다.

"이곳에서 가장 가까운 도시는 어디에 있지?"

"동쪽으로 육십 리 정도 가면 통영이라고 있습니다."

"그곳에 마장이 있겠느냐?"

"통영은 인가 오십 호의 마을 수준입니다. 마장이 있을 만한 도시로 가려면 통영에서 다시 남동쪽으로 백 리 정도를 더 내려가야 합니다. 낙읍이라 불리는 곳인데 마장은 왜 찾으시는지?"

남동쪽이라면 낙양의 방향과는 어긋난다. 화연산은 유번의 물음에 잠시 생각하곤 결정을 내렸다.

"돌아서 가더라도 일단 낙읍으로 가자. 그곳에 가면 금전이 얼마가 들더라도 마장을 찾아 말을 구하도록 해라."

화연산의 명에 유번이 망설이는 눈치를 보였다.

말을 타고 성검산장까지 가겠다는 뜻이다. 현 상황에서 이해되는 조치이기 해도 마음이 편치 않다. 자객의 추적을 염려해서 점창파의 장문인이 말을 타고 달렸다는 것이 강호에 알려지면 두고두고 세간의 화제가 될 것이다.

화연산이 말했다.

"지금은 장문인의 명예 따위에 연연할 때가 아니다. 지금 우리에게 가장 중요한 것은 점창파의 자산이다. 우리는 제자들의 목숨을 지켜야 할 의무가 있다."

화연산의 주장이 옳다는 뜻에서 조광생도 동의하는 눈길을 유번에게 보냈다.

유번이 포권했다.

"알겠습니다. 제자들이 운기조식을 마치는 즉시 낙읍으로 향하겠습니다."

대책을 강구하던 사이에 일각이 지났다. 자객의 습격에 노심초사하는 터라 시간이 화살처럼 지나갔다고 할 수 있다. 이런 과정에서 일부 검사들이 운기조식을 중단하고 그냥 바닥에 드러누웠다.

"흐음."

조광생은 이번 역시도 그런 모습을 보인 제자들을 꾸지람하지 않았다.

긴장된 상태에서 임하는 운기조식이다. 한 식경의 시간으로는 운기의 효과를 보지 못할 터이니 차라리 바닥에 누워 체력을 조금이라도 회복하는 편이 낫다고 생각한 것이다.

그렇게 한 식경에 거의 다다랐을 때다.

바닥에 드러누워 있던 이대제자 장평이 문득 눈을 찡그렸다.

북쪽 하늘, 구름 아래에서 새도 아니고 유성도 아닌, 무언가가 날아오고 있었다.

"저게 뭐지?"

장평이 그것을 손으로 가리켰다. 장평의 옆에 있던 검사들도 이제 그것을 발견했다.

"뭐지? 우리 쪽으로 날아오고 있잖아?"

검사들이 웅성댔다. 그러는 사이에 그것은 육안으로 확인이 될 만큼 거리가 가까워졌다.

화연산과 조광생도 이 무렵 하늘을 올려다봤다.

조광생이 아연한 얼굴로 소리쳤다.

"편전(片箭)이다! 모두 피해!"

조광생의 경고는 너무 늦었다. 검사들이 미처 몸을 피하기 전에 그것은 검사들의 머리 위에서 수십 개의 쇠촉으로 갈라져 우박처럼 내리꽂혔다.

"으윽!"

"윽!"

검사들의 신체에 쇠촉이 박혔다. 쇠뇌전의 머리 부분으로 추정되는 무기인데 조준된 저격이 아닌 탓에 즉사를 면한 것이 그나마 다행이었다.

화연산이 다급히 명했다.

"유번! 제자들을 인솔해서 낙읍으로 가! 어서!"

명이 떨어지자마자 유번이 검사들을 이끌고 남동쪽으로 달려갔다.

현장에 마지막으로 남은 사람은 조광생과 화연산.

"사형!"

화연산이 조광생에게 좌측으로 눈짓을 보냈다. 눈길만으로도 서로의 뜻이 통한다. 조광생은 좌측으로 달렸고 화연산은 우측으로 내달렸다. 두 사람은 현장을 중심으로 삼십 장

거리를 원형으로 한 바퀴 돌았다. 자객의 잠복지를 찾아보는 것이다.

잠시 후, 두 사람은 원래의 자리에서 다시 만났다.

반경 삼십 장 안에 자객의 잠복지가 없다는 뜻이었다.

"대체 어디에서 날아온 거지?"

조광생이 현장 일대를 한 번 더 돌아보며 말했다.

사방이 들판 지대였다.

아무리 찾아봐도 삼십 장 인근에서는 자객의 잠복지로 의심되는 장소가 없었다.

화연산은 내공으로 안력을 키워 삼십 장 너머의 지역을 살펴봤다.

사십 장을 지나 육십 장 거리까지도 평야 지대였다.

그렇다면 육십 장 뒤편에서 편전과 흡사한 쇠뇌전을 쏘았다는 것인데 이것은 두 사람이 도저히 받아들일 수가 없었다.

석궁으로 육십 장을 날린 것도 못 믿을 일인데 위력을 더해서 표적까지 정확히 맞힌다?

조광생이 불신의 음성을 중얼댔다.

"난 못 믿어. 이건 죽은 궁마가 열 번을 되살아와도 불가능해."

화연산의 심정도 마찬가지였다.

—처음에는 번개 같았던 노의 기세가 마지막에는 학의 깃털을 뚫지 못한다.

강호에 그런 말이 있듯 석궁이나 노궁은 직사 무기인 탓에 사정거리가 멀어지면 살상력을 거의 상실한다고 알려져 있었다. 한데도 자객은 육십 장 너머의 원거리에서 곡사로 쇠뇌전을 쏘아 제자들을 해쳤다.

화연산은 들판의 북쪽 끝, 손가락 크기로 작게 보이는 야산의 숲을 문득 노려봤다.

"아냐. 이건 정말 말이 안 돼. 내가 잘못 생각한 거야."

화연산이 의심했던 북쪽 야산의 숲.

그곳까지는 일견하기에도 칠십 장이 족히 넘는 거리였다.

*　　　*　　　*

화연산의 생각은 잘못되지 않았다.

야랑이 쏜 쇠뇌전은 칠십 장의 거리를 곡사로 날아가서 표적을 맞혔다. 장거리 저격을 함에 이전과 달라진 것이 있다면 칠채궁의 크기가 더 커졌고, 시위 장치의 모양이 각궁의 탄성 시위처럼 휘어져 있다는 것이었다.

기실, 담사연이 이번에 쏜 석궁은 칠채궁이 아닌 산활금의 일대신물이자 궁가지보인 구채궁이었다. 궁마를 저격했을 당시 그는 조잽이와의 관계를 생각해서 이채궁을 챙겨두었고, 그것을 이번에 합체해서 사용한 것이다.

구채궁의 대활 용도는 다양한데 그는 조잽이로부터 석궁 사격에 관한 것만 전수받았다. 그래서 그간 칠채궁과 이채궁을 굳이 합체해서 사용할 필요성을 느끼지 못했다. 실제로 구채궁은 이동 중에 사용하기가 불편할 정도로 크기가 만만치 않았다.

하지만 이번에 날린 개량 편전(片箭) 비격대뇌전은 기존의 칠채궁으로는 사용을 할 수가 없었다.

비격대뇌전은 사정거리 오십 장을 넘기는 최장거리 저격 무기로서 발사되면 속뇌전의 쇠촉 스물두 발이 그 안에 붙어 같이 날아간다. 표적지에 다다르면 비격대뇌전의 외피가 화약에 의해 폭발하고, 그 폭발에 쇠촉이 가속을 받아서 표적지에 산탄으로 꽂힌다.

이러한 비격대뇌전은 고도의 대활 능력과 더불어 정확한 거리 계산법과 시한장치 활용법이 사수에게 필수적으로 요구된다.

아울러 사수의 능력과 별도로 비격대뇌전을 오십 장 밖으로 날릴 특수한 격발 장치가 필요하다. 이 때문에 칠채궁의 조준 장치에 이채궁의 탄성 시위를 합체한 구채궁으로 쏘아야 한다.

담사연은 구채궁 사용도 처음이고 비격대뇌전을 실전에서
쏜 것도 처음이다. 하지만 처음임에도 불구하고 그는 오십 장
이 훨씬 넘는 칠십 장의 거리에서 그것을 능숙하게 사용해 명
중시켰다. 조잽이가 이 모습을 보았다면 산활금의 진정한 후
예는 자신이 아닌 야랑이라고 감탄사를 터뜨렸을 것이다.

비격대뇌전을 쏜 이후로 그는 구채궁을 재빨리 칠채궁으
로 바꾸었다. 그런 다음 남서쪽으로 달아난 검사들을 뒤쫓아
달려갔다. 추격전을 펼치며 잠도 제대로 자지 못하고, 쉬지도
못했지만 그는 초인적인 정신력으로 그 모든 어려움을 극복
해 냈다.

추격 한 식경.

남동쪽 언덕 아래로 달려가는 검사들의 모습이 시야에 잡
혔다. 시야에 잡혔다는 것은 칠채궁의 사정거리에 들어왔다
는 뜻이다. 이전보다 반 시진은 더 빠른 저격 시점. 추격 대상
들이 그만큼 지쳤고, 또 부상자가 많아 경신의 속도가 현저히
느려졌다는 것을 의미한다.

그는 속뇌전 세 발을 석궁에 장착했다. 그리고 달려가던 중
에 연달아 격발했다. 조준하지 않았다고 해서 아무렇게 쏜 쇠
뇌전이 아니다. 세 발의 속뇌전 전부가 검사들의 신체를 정확
히 맞추었다.

검사들이 쓰러지는 모습을 본 그는 언덕 뒤로 재빨리 몸을 피했다.

잠시 후 검사들의 경신 대열에서 조광생이 뛰쳐나왔다. 그의 모습을 찾는다고 조광생이 주변을 돌아다녔지만 그는 이미 언덕 아래를 우회해서 검사들을 뒤쫓고 있었다.

그는 추격전 중에는 저격으로 검사들을 하나하나 처리할 뿐, 검신이나 검귀와의 대결은 철저히 피했다. 그의 이러한 치고 빠지는 저격 추격전에 조광생과 화연산은 마땅한 대응책을 찾지 못했는데, 기실 대책이 아주 없는 것은 아니었다. 제자들의 목숨을 도외시한 결단, 즉, 검신과 검귀가 끝장을 볼 각오로 추격자와 맞서면 검사들이 저격으로 희생되는 상황만큼은 막을 수 있었다. 실제로 그렇게 하는 것이 검사들의 희생을 줄이는 최선의 대책이라고 할 수 있었다.

하지만 조광생과 화연산이 그렇게 결단하지 않을 것임을 그는 이미 알고 있었다. 사문의 명예와 의리를 무엇보다 중시하는 무림인들이었다. 신강의 전장에서도 중원의 무림인들이 그렇게 명예와 의리를 내세우다가 신마교의 무인들에게 전멸된 적이 한두 번이 아니었다.

'언제까지 그렇게 할 수 있을까?'

제자들의 목숨을 아끼는 시간도 얼마 남지 않았다. 그들이 항전의 결정을 못하고 있는 사이에 검사들은 하나둘 저격의 희생물이 되어간다. 제자들의 숫자가 몇 명 남지 않았을 때 그들은 아마도 뒤늦게 현실을 파악하게 될 것이다. 추격자와 맞서 싸워야만 이 상황이 해결된다는 것을.

추격 한 시진.

전방에 강이 흐르고 있었다. 강폭이 길었기에 검사들은 현재 강으로 뛰어들어 헤엄치고 있었다. 검신과 검귀, 신풍칠협들은 수면을 차고 그냥 건너가 버렸다. 개인의 역량을 보여준 대단한 경신법이만 담사연이 보기에 그들은 실수한 것이었다. 그가 그들의 입장이었다면 검사들과 같이 물속으로 뛰어들어 후방을 경계했을 것이다.

그는 강으로 뛰어들어 석궁을 수면의 높이에 맞춰 조준했다.

투투투투퉁!

다섯 발의 속뇌전이 연발된 순서대로 수면을 스치며 날아갔다.

검사 몇몇이 헤엄치던 동작 중에 움찔했다.

뭐가 어떻게 진행되었는지 처음엔 검사들이 잘 몰랐다.

그러다가 수면에 물감처럼 번지는 핏물을 보고는 현 상황을 파악했다.

"저격이다!"

누군가 소리쳤다.

그와 동시에 조광생이 제자들이 헤엄치고 있는 수면 앞으로 쭉 달려왔다.

조광생은 수면을 밟고 선 자세에서 맞은편 강변을 살폈다.

수면에 스치듯 낮게 날아온 쇠뇌전이다.

어느 지점에서 쇠뇌전을 쏘았는지 알 수가 없다.

"으음."

조광생은 입술을 질끈 깨물곤 검을 들어 수면을 강하게 내리쳤다. 물보라가 삼 장 높이까지 치솟으며 수면이 쩍 갈라졌다. 멸절사검의 세 번째 초식, 바다를 가른다는 검폭해의 발휘이다.

자객을 죽이려고 사용했던 검이 아니다. 끓는 가슴을 진정시키고자 발휘했던 검이다. 철저하게 치고 빠지는 자객. 무림인생에서 이보다 더 난해한 적을 다시 만날 수 있을까.

조광생은 수면이 원래로 돌아올 시점에서 강변으로 되돌아왔다.

강변에 모여 숨을 헐떡이는 검사들의 모습이 보인다.

자객의 이번 공격에 죽은 제자는 없지만 부상자는 셋이나 된다. 기존의 부상자까지 합치면 열두 명도 넘는다. 경신 대열을 갖추기가 더욱 어려워진다는 뜻이다.

조광생이 엄히 말했다.

"모두 일어나! 무림의 검사란 놈들이 그깟 쇠뇌전 따위에 맞았다고 죽느냐! 움직이지 못할 놈이 있다면 당장 앞으로 나와라. 내가 확실하게 움직이게 해줄 테니!"

조광생의 서슬 푸른 말에 검사들이 하나둘 일어서서 경신 대열을 갖추었다. 이전과 다른 점이 있다면 즉각적인 반응이 아닌 서로의 눈치를 보며 명에 따른다는 것이다.

"낙읍까지 달린다. 명심해라. 부상자라고 해서 봐주지 않는다. 낙오되는 놈은 전부 버리고 간다. 알겠느냐!"

신풍일협을 선두로 검사들이 다시 남동쪽으로 달려가기 시작했다.

조광생과 화연산은 대열의 좌우 끝에서 자객의 저격을 방비하며 달렸다. 조광생이 경신 중에 화연산을 문득 쳐다봤다. 화연산은 강을 건너온 이후로 줄곧 무겁게 입을 다물고 있었다. 무언가 결정을 내리려고 하는 눈치였다.

추격 칠백 리, 하남성 조망산.

검사들의 움직임이 현저히 느려졌다. 낙읍까지 삼십 리 정도 남은 시점인데 이젠 경신술도 아니고 달리기도 아닌 그냥 조금 빨리 걸어가는 수준에 불과했다. 채찍이나 당근은 이 시점에서 아무런 의미가 없었다. 검사들은 정신력도 체력도 내공도 모두 바닥났다. 검사들의 심정으로는 당장에라도 바닥에 드러눕고 싶다.

신풍칠협들은 아직 건재한 모습이지만 자유롭게 달리지 못하는 것은 마찬가지였다. 그들은 부상자를 하나씩 부축해서 움직이고 있었다. 부상자 중에는 정신을 잃은 자들도 있으니 빠르게 달린다는 것은 엄두도 못 낼 일이었다.

자객이 뒤쫓고 있으니 멈출 수도 없는 암담한 상황인데 낙읍으로 먼저 달려갔던 유번이 그나마 한줄기 희망의 소식을 가지고 경신 대열로 돌아왔다.

"낙읍까지 가지 않아도 되겠습니다. 조망산 중턱에 삼십 필 정도의 말을 방목하는 초목원이란 목장이 하나 있는데 사정을 이야기하니 우리를 적극 돕겠다고 하더군요."

유번의 말에 꺼림칙한 점이 있다면 조망산으로 올라가야 한다는 것이었다. 평야에서도 자객에게 쫓기고 있거늘 산속으로 들어가면 저격의 위험성은 한층 더해질 터였다.

화연산이 결정을 내렸다.

"대열을 갖추고 조망산으로 올라간다. 사형께서 선두에서 길을 열어주실 테니 제자들은 두려움 말고 조망산으로 올라라. 후방은 신풍칠협과 내가 책임지고 맡겠다."

검사들은 힘을 내어 조망산으로 올라갔다.

화연산은 검사들의 후방을 따라가며 하늘을 돌아봤다. 어두워지는 하늘. 서쪽 하늘에서 먹구름이 몰려오고 있었다. 이게 좋은 현상인지 나쁜 현상인지 솔직히 판단할 수 없었다.

*   *   *

　담사연이 표적들을 뒤쫓아 조망산으로 올라갈 무렵 하늘에선 비가 조금씩 내렸다. 추격의 환경이 변하고 있지만 그는 당황하지도 조급해하지도 않았다. 환경적인 변수는 그에게 익숙한 일이었다. 오전에 폭우가 내리고 오후에 눈이 휘날리는 신강의 환경 조건에서도 그는 척후대 임무를 훌륭히 수행했었다.

　그에게 곤혹한 점이 조금 있다면 표적들이 조망산으로 올라간 이유였다.

　'낙양의 방향과는 달라. 다른 뜻이 있다는 건가?'

　쫓기는 처지에서 의미 없이 노선을 바꾸진 않는다. 목적이 있다는 건데 추격을 제대로 하려면 그는 그 점에 대해 사전에 알아두어야 할 필요가 있었다.

　'목적이 무엇이든 어느 누구도 쉽게 보내주지는 않을 거야.'

　그는 각오를 다지며 추격에 집중했다.

　전방에 소나무 숲이 보인다. 그는 그곳으로 뛰어들어 울창한 숲을 헤치고 나갔다. 소나무 숲 속 끝에 다다랐다. 표적들은 현재 숲 속 아래의 산비탈을 내려가고 있었다.

그는 강뇌전 한 발을 석궁에 장착하고 조준구로 현장을 잠시 살펴봤다. 검귀는 무리의 선두에 있고 검신은 신풍칠협과 함께 후방에서 움직이고 있었다. 그는 검신의 몸을 잠시 정밀하게 조준해 봤다.

'가능할까? 쏘아봐?'

그는 조준된 석궁의 방향을 되돌렸다. 아직은 검신을 잡을 때가 아니었다. 검신이나 검귀는 지금보다 더 완벽한 상태에서 저격해야 성공할 가능성이 있었다. 그는 잠복지에서 일어나 숲 속에서 제일 큰 나무를 찾았다. 나무를 찾은 다음에는 꼭대기 나뭇가지까지 올라가 검사들이 달려가는 방향 너머를 살펴봤다. 먹구름 낀 날씨로 인해 사물이 흐릿하긴 하지만 개략적인 모습은 확인할 수 있었다.

'목장!'

산비탈 뒤편으로 양과 말이 뛰어 노는 방목장이 펼쳐져 있었다.

그러니까 표적들은 말을 구하려고 조망산에 오른 것이었다.

'어리석군. 말을 타고 달아난다고 해서 끝날 상황이 아냐. 저격수를 어떻게 상대해야 되는지 전혀 모르고 있어.'

나무에서 내려온 그는 석궁에 장뇌전을 걸고 정밀 조준에 들어갔다. 검사들은 현재 방목장 뒤편의 산비탈을 오르고 있었다.

검귀를 선두로 검사들이 산비탈을 차례로 넘어간다. 검신과 신풍칠협도 후방을 경계하며 산비탈을 올라간다.

그는 산비탈을 마지막으로 오르는 표적을 조준했다.

흑색 영웅건의 검사. 일대제자의 신분이다.

투웅!

장뇌전이 공간을 가르며 날아갔다.

표적의 뒤통수를 조준해서 날린 장뇌전이다. 저격의 성공을 자신했건만 뜻밖으로 표적이 산비탈을 오르다 말고 검을 등 뒤로 돌려 쳐서 장뇌전을 막아냈다.

의외의 상황은 계속된다.

장뇌전을 막아낸 표적이 몸을 뒤돌려 산비탈을 무섭게 내려왔다.

무슨 의도인가?

이건 단독 행동이다. 산비탈을 넘어간 검신과 검귀는 이 순간 모습을 전혀 보이지 않고 있다.

'이것 봐라? 재미있게 흘러가네.'

추격전의 시간을 줄일 한 가지 방법이 뇌리를 지나간다.

그는 숲 속에서 뛰쳐나와 표적을 향해 마주 달려갔다. 비탈 아래 구릉지에서 표적과 정면으로 마주쳤다. 그는 지체 없이 속뇌전을 날렸고, 그런 다음 다시 몸을 돌려 좀 전의 그 숲으로 뛰어들었다.

등 뒤에서 표적의 고함 소리가 들려온다. 음성만 들어봐도 감정이 격분된 상태란 것을 알 수 있다. 그는 의도적으로 속도를 조금 늦추었다. 등 뒤에 다다른 표적이 검을 내리친다. 그는 바닥을 와락 굴러 검을 피했다.

슈익!

그가 일어설 때 표적이 다시금 검을 휘둘렀다. 진검에서 검기가 뻗어 나와 그의 목을 가른다. 그는 연거푸 뒷걸음을 쳐서 표적의 공격을 피해냈다. 물러서는 과정에서 그는 표적과 잠시 눈빛을 교환했다.

"제법이군."

그는 조소의 미소를 보내곤 숲 속 깊숙이 달려갔다.

"멈춰라 이놈! 사지를 잘라 버리겠다!"

표적이 뒤따라오는 것을 확인한 그는 달려가던 중에 바랑에서 바람개비 칼날 모양의 혈선표(血旋鑣)를 꺼냈다. 혈선표는 타원 궤적으로 날리는 회선 암기인데 이것 역시 신마교의 오대암기 중에 하나이다.

숲의 중심. 벌초가 잘 된 무덤 앞의 공터이다.

그는 무덤을 지나자마자 허리를 낮춘 자세로 몸을 와락 돌렸다.

휘리릭!

그의 오른손에서 혈선표가 날아갔다.

무언가가 날아오자 표적이 본능적으로 허리를 비틀었다. 혈선표는 표적의 우측 어깨를 돌아 무덤 뒤편으로 날아갔다.

"하아!"

혈선표를 피해냈다고 판단한 표적이 그에게 달려들어 검을 내리쳤다. 내공이 실린 검이었다. 그는 철검을 빼 들어 쾌월광으로 맞섰다. 불꽃을 튀기는 병기의 충돌에 표적은 서너 발 물러났고 그는 엉덩방아를 찧었다. 일검 격돌의 결과만 놓고 보면 표적이 승기를 잡았다고 생각하기 십상이지만 이게 끝이 아니었다. 물러났던 표적이 그를 노려보며 이차 공격에 나설 때 무언가가 뒤편 공간에서 무섭게 날아와 표적의 목을 베고 지나갔다.

"웅?"

표적이 동작을 중단하곤 찌푸린 눈으로 그를 쳐다봤다.

그는 엉덩이를 털며 일어났다.

"혈선표라고 하지. 오랜만에 사용해 본 것이라서 회수하는 방법이 좀 서툴렀어. 이해하라고."

혈선표는 무덤 상단부에 꽂혀 있었다.

그가 그곳으로 걸어가 혈선표를 회수할 때 표적의 목은 깔끔하게 잘려서 바닥으로 떨어졌다.

                    *   *   *

  쫓기는 자의 처지에서 일발일살의 저격술은 심리적 압박
감이 대단하다. 그래서 때론 압박감을 이겨내지 못해 스스로
저격수의 눈앞에 나오는 표적들이 있다.

  산비탈에서 야랑에게 저격을 당했던 점창파 일대제자 신
풍칠협 진소위도 바로 그런 압박감이 원인이 되어 홀로 산비
탈을 내려왔다. 물론 더 이상의 상황이 없었다면 진소위도 곧
정신을 차려 점창파의 대열로 돌아갔을 것이다.

  하지만 진소위는 때맞추어 모습을 드러낸 담사연의 유인
작전에 말렸고, 결국 산비탈에서 백 장도 더 먼 곳까지 끌려
들어가 죽음을 맞이했다.

  한편으로 진소위를 처단하는 것이 목적이었다면 야랑은
산비탈 아래에서 서로 만났을 때 바로 승부를 결정지었다. 야
랑이 소나무 숲으로 진소위를 유인한 것은 더 큰 고기를 낚기
위한 이중의 유인책이었다.

  진소위의 목이 잘린 일각 후.

  검신과 검귀가 진소위를 찾아 소나무 숲으로 들어왔다. 저
격을 염려했기에 진소위를 찾는 과정은 다소 느리게 진행되
었고 그러다 보니 그들은 일각을 더 보내고 나서야 진소위의
목 잘린 시체를 발견할 수 있었다.

검신과 검귀는 진소위의 시체 앞에서 이를 악문 모습으로 침묵했다. 분노를 표하기에 앞서 진소위의 이탈을 막지 못했다는 자책감이 들었고, 대책을 논하기에는 자객의 살수에 맞서 아무것도 할 수 없었다는 자괴감이 너무 컸다.

"휴우."

"흐음."

검신과 검귀는 착잡한 심정으로 돌아섰다. 진소위의 시체조차 거두어 줄 수 없다는 것이 그들의 발걸음을 더욱 무겁게 한다. 그렇게 숲을 빠져나가던 중에 화연산이 문득 진소위의 시체가 있던 무덤 방향으로 돌아섰다.

조광생이 물었다.

"장문인, 무언가 감지한 것이 있습니까?"

화연산은 질문의 답이 아닌, 다른 물음을 던졌다.

"사형, 자객이 왜 이곳까지 와서 칠협을 죽였을까요?"

"무슨?"

처음엔 조광생이 무슨 뜻인지 몰랐다. 그러다가 무슨 생각이 들었는지 그만 안색이 하얗게 변했다.

"설, 설마? 유인책?"

"당장 돌아가야 합니다. 제자들이 위험합니다!"

화연산이 말과 함께 극상승의 경공으로 숲 속을 달려 나갔다.

조광생은 더 급하게 움직였다.

콰콰콰콰콰!

그는 검폭사를 발휘해 전방의 나뭇가지들을 모조리 날려 버리며 제자들이 있는 곳으로 달려갔다.

*   *   *

담사연은 검신과 검귀가 숲으로 들어가던 시점에 맞추어 산비탈로 올라왔다.

전력을 다해서 달려왔기에 입안이 바짝 마를 정도로 숨이 벅차지만 머뭇거릴 시간적 여유는 없었다.

그는 숨을 크게 들이켠 후 전방의 초목원으로 곧장 달려갔다.

목적지는 오십 장 전방의 마구간.

검사들은 지금 그곳에서 휴식을 겸한 대기의 시간을 보내고 있다.

'습격의 시간은 반각. 그 안에 빠져나오지 못하면 그땐 내가 죽게 될 거야.'

마구간을 이십 장 앞두고 그는 석궁을 전방 조준 자세로 돌렸다.

석궁의 시위에는 일곱 발의 쇠뇌전이 전부 걸려 있다. 완전

무장 상태인데 석궁뿐이 아닌 사용이 가능한 암기는 바랑에서 모두 꺼내 그의 신체에 장착해 두고 있다.

목표 지점까지 거리 십 장.

그는 달려가면서 마구간 문을 향해 강뇌전을 쏘았다.

첫 발은 화약이 걸린 쇠뇌전이다.

쾅!

마구간 문이 박살 났다.

그는 폭발의 잔해를 뚫고 마구간 안으로 뛰어들었다.

저격추격전을 잇는 기습섬멸전!

습격의 유효 시간은 반각이다.

야랑의 습격전에서 가장 먼저 척살된 대상은 마구간 입구 앞의 건초 더미에 허리를 기대고 앉아 있던 점창파 이대제자 장평이다.

장평은 문이 폭파될 당시 반사적으로 몸을 벌떡 일으켰는데 그만 억울하게도 안으로 뛰어든 야랑에 의해 아무것도 못 해보고 쇠뇌전에 이마가 뚫려 절명했다. 검사답게 검이라도 한 번 뽑아 맞서보았으면 장평은 눈이라도 편히 감고 죽었을 것이다.

억울한 죽음으로 따지자면 야랑의 두 번째 저격 대상, 검귀가 누구보다 아꼈던 점창파 삼대제자, 활인검 맹사성도 만만치 않았다.

장평에게 속뇌전을 날린 그는 멈추는 동작 없이 곧장 입구 좌측의 기둥 자리로 강뇌전을 쏘았다. 맹사성은 그때 진검을 들고 기둥 앞에 서 있었는데 야랑의 습격을 예상하고 진검을 손에 든 것이 아니었다. 맹사성은 낙음의 혼란한 저자를 빠져나올 때 검갑을 분실해 버려 어쩔 수 없이 진검을 손에 들고 있었다. 그런 맹사성을 야랑이 위험인물을 우선적으로 제거한다는 차원에서 조준 척살했으니 지독히도 재수가 없었다고 해야 할 것이다.

맹사성의 죽음 이후로 습격전의 상황은 아주 긴박해졌다.

마구간 안의 검사들이 검을 빼 들고 와르르 일어섰다. 문이 폭발한 이후로 숫자 다섯을 헤아리는 시간도 되지 않았으니 검사들로선 아주 빠르게 대처에 나선 것이라 할 수 있다.

야랑은 이때 마구간 중앙까지 전진한 상태. 그는 전진 동작 중에 흑색 영웅건을 두른 검사를 찾아서 좌측으로 한 발, 우측으로 한 발을 쏘았다.

"윽!"

"으윽!"

좌우의 두 검사가 몸을 비틀거렸다. 즉사는 아니다. 그들은 일대제자의 신분이다. 거리가 가까워 저격을 피할 수 없자 그들은 치명상을 면하고자 팔목과 어깨로 쇠뇌전을 각각 막아냈다.

반격은 곧바로 이어진다.

"하아!"

좌측의 검사, 신풍사협 진평성이 검기가 시퍼렇게 휘감긴 검을 휘두르며 앞으로 뛰쳐나왔다.

"죽엇!"

우측의 검사, 신풍오협 여도치도 야랑을 향해 몸을 날리며 검을 내리쳤다.

저격과 정면 승부는 확실히 다르다.

일대제자 둘의 좌우 합격은 야랑의 목숨을 위협할 정도로 충분히 강하다.

다만, 야랑이 그들의 반격을 의도적으로 이끌어냈다는 것에 함정이 있다.

"핫!"

전진하던 야랑의 몸이 돌연 마구간 천장으로 솟구쳤다.

목표를 잃어버린 공격.

진평성과 여도치의 검이 서로의 몸을 향해 공격했다.

"쓰!"

진평성과 여도치는 격돌 직전에 검날을 와락 돌리며 물러섰다. 자칫했으면 동료의 목을 벨 뻔했다.

전투 상황은 계속된다.

두 사람은 야랑의 움직임을 뒤쫓아 눈을 돌렸다.

조금 전 천장으로 솟구친 야랑의 움직임은 신법의 발휘가 아니다. 신법으로는 아직까지 공중에 머물러 있을 수 없다. 그는 천장으로 지주망기의 천잠사를 쏘았고, 그 천잠사를 잡고 공중으로 솟아올랐다.

"놈을 죽엿!"

진평성이 굳이 공격의 명을 내리지 않아도 된다. 이 순간 검사들은 천잠사에 매달린 야랑을 향해 전원이 몸을 날렸다.

그를 공격하고자 공중으로 떠오른 검사들!

야랑이 눈을 번뜩였다.

이것 또한 그가 의도했던 것, 적멸기선을 사용할 절호의 기회다.

그는 천잠사를 손에서 놓으며 몸을 회전시켰다.

츄츄츄츄츄츄!

야랑의 신체 회전 속에서 적멸기선이 사방으로 날아갔다.

"아악!"

"크윽!"

잠깐 사이에 일선 검사들의 신체가 관통되고 또 잘려 나갔다. 어떤 검사는 목까지 뎅강 잘렸다. 공중에서 이루어진 암기 공격이다. 지면을 밟고 있었다면 검사들이 이렇게까지 무참히 당하지는 않았을 것이다.

생존한 검사들이 적멸기선을 피해 마구간의 좌우 벽면으로 빠르게 물러섰다.

그는 바닥에 착지하자마자 다음 공격에 바로 나섰다.

더 강하게 몰아붙여야 한다.

여기서 공격을 늦추면 그땐 그가 집단적인 반격을 받게 된다.

적멸기선은 모두 사용한 상태.

자모총통은 최강의 무기이지만 집단을 상대로 사용하기에는 여의치 않고, 탄지금과 혈선표는 적들을 더 강하게 몰아붙이기에는 위력이 다소 약하다. 칠채궁은 저격무기이니 논외로 둔다면 남은 것은 하나뿐이다.

그는 중지와 검지를 붙여 양손을 수평으로 내밀었다.

지잉!

은빛의 검이 손가락에서 뻗어 나왔다.

일 척, 이 척, 삼 척⋯⋯.

은빛의 검은 일반 장검의 길이 삼 척을 넘어서서 계속 뻗어 나왔다. 검의 길이가 일 장을 넘어서자 이제 그것은 검이라고 할 수도 없었다. 그것은 손가락에서 발출된 광선과도 같았다.

그는 빛의 검을 좌우 벽면으로 돌렸다. 그리고 그 상태로 직선을 그리듯 쭉 달려갔다. 빛의 검이 검사들의 몸을 차례로

250 자객전서

지나간다. 검사들의 신체는 잘리지도 않고 피도 흘리지 않는다. 하지만 빛의 검에 신체가 베인 검사들은 하나같이 굳은 얼굴로 동작을 멈춘다.

쾅!

마구간 입구의 벽면이 돌연 박살났다. 동시에 검기의 폭풍이 실내로 휘몰아쳤다. 그는 검기의 폭풍에 강타되어 맞은편 벽면에 처박혔다. 누가 공격했는지는 따져 보고 말고 할 것도 없다. 그는 벽면에서 튕기듯 물러서며 능광검을 후방으로 휘돌려 쳤다.

픽!

가죽 치는 소리와 함께 검기의 폭풍과 빛의 검이 동시에 소멸됐다.

그가 돌아섰다.

그의 눈앞 바닥에 조광생이 쓰러져 있었다.

검귀를 잡을 절호의 기회!

능광검을 다시 발휘하기에는 벅차다.

그는 쾌월광을 날리고자 철검을 빼 들었다.

그런데 이번엔 천장이 '쾅!' 뚫리며 검신이 신검합일의 자세로 그의 정수리를 향해 떨어졌다.

검귀는 현재 무방비 상태.

쾌월광을 날리면 검귀를 잡을 수 있다.

하지만 그렇게 되면 자신 역시 검신의 검에 신체가 두 조각 날 것이다.

'그럴 수는 없지.'

그는 철검의 방향을 머리 위로 돌려 검신에게 쾌월광을 날렸다.

파앙!

"크윽!"

쾌월광이 뚫렸다. 그는 피를 토하며 바닥에 나동그라졌다. 고통을 느껴볼 여유 있는 상황이 아니다. 바닥에 내려앉은 검신은 검을 던지려는 자세를 취하고 있다. 그는 검신의 모습을 본 순간 오른손으로는 혈선표를 날렸고 왼손으로는 마구간 뒤편으로 지주망기를 쏘았다.

쿠아앙!

그가 누워 있던 자리에 비검이 날아와 꽂혔다. 그는 비검의 공격에서 무사했다. 이 순간 그는 천잠사를 쏘고 당긴 그 반동으로 후문을 깨뜨리며 뒤로 날아가고 있었다.

"이놈!"

그냥 보내주지 않겠다는 듯 검신이 눈을 번뜩이며 손을 들었다. 그러자 바닥에 꽂혔던 검이 저절로 뽑혀져 검신의 손으로 날아왔다. 비검의 수준을 뛰어넘는 기에, 거의 어검의 수준이다.

그때 검신의 뒤편에서 무언가가 맹렬한 속도로 날아왔다.

검신이 흠칫하며 고개를 숙였다.

슈웅!

혈선표가 검신의 머리 위를 지나 마구간 밖으로 날아갔다.

검신이 다시 고개를 들었을 때는 전방엔 야랑도 없고, 혈선표도 보이지 않았다.

습격전이 이렇게 끝났다.

기습에서 도주까지 걸린 시간은 반각. 전투 상황은 그 정도로 긴박했다.

특히 기습전 막판의 상황, 능광검의 발휘, 검귀의 출현, 검신의 신검합일, 검신의 비검 공격과 야랑의 도주는 전부 한순간에 벌어진 일이다. 죽고 죽이는 진검 싸움이 아닌 관중을 둔 비무였다면 기습을 했던 야랑과 그 기습을 저지한 검신과 검귀 모두에게 관전자가 찬사를 보냈을 것이다.

8장

금사도 결전

　습격전이 종료되던 시점에 맞추어 해가 서편으로 기울었다.

　점창파 검사들은 황혼 아래에서 굳은 얼굴로 침묵했다. 검신과 검귀가 잠깐 자리를 비운 사이에 아홉 명의 사망자와 열두 명의 중상자가 나왔다. 이제 활동이 가능한 검사는 경상자 포함해서 일곱 명에 불과했다. 오십일 명의 검사가 사문에서 나왔으니 지금의 결과만으로도 점창파의 역사에 남는 치욕적인 사건이다.

　현장을 정리하는 사람은 그나마 조광생이 유일했다.

그는 제자들의 시신을 묵묵히 수습했고, 그런 다음에는 부상자들을 일일이 찾아다니며 그들의 몸을 직접 응급 처치했다.

사실, 자객의 습격에 가장 충격 받은 사람은 조광생 자신이었다. 자객과의 승부에서 그의 멸절사검이 꺾였다. 긴박한 상황에서 벌어진 일검 격돌이라고 하나, 그가 패한 것은 변명의 여지가 없었다. 자객의 검은 검폭사를 뚫고 들어와 그의 신체를 가르고 지나갔다. 은빛 검이 몸속으로 들어왔을 때 그는 벼락을 맞은 것 같은 전율에 휩싸이며 쓰러졌다. 거의 실신 상태였던 그때 화연산의 지원 공격이 아니었다면 틀림없이 무림 인생을 마쳤을 것이다.

점창의 별이 되고자 검공 수업에 증진한 세월이 장장 삼십 년이다. 가정도 꾸리지 않았을 정도로 검공 성취에만 매달렸거늘 화산파의 검도 아니고 무당파의 검사들도 아닌 자객의 검에 무림 인생 첫 패전을 겪었다. 그분하고 참담한 심정을 어찌 다 말로 표현하리오. 심정으로 하자면 그는 열 번도 더 이 자리를 박차고 떠났다.

하지만 조광생은 육체의 고통과 정신적 상처를 인내하며 상황 수습에 나섰다. 여기에서 그가 패자의 나약한 모습을 보이면 그 여파가 고스란히 제자들에게 전이되는 것이다.

"유번, 방목장에 가서 말을 구해와라. 그리고 사협과 오협은 초목원 앞에 제자들을 집결시켜라. 일각 후에 떠난다. 이곳에 남은 시신은 차후에 사람을 보내 장을 치르도록 하겠다."

조광생의 지시에 유번이 고개를 끄덕이고 힘없이 돌아섰다. 자객의 습격은 유번에게 몹시 충격적인 듯 이전처럼 적극적으로 명에 따르지를 못하고 있었다.

유번이 말을 구하러 간 사이에 검사들이 한곳에 모였다. 검사들은 대열을 갖춘 후에도 입을 굳게 다물었다. 동료의 죽음에 분노하는 모습조차 보이지 못했다.

조광생은 검사들의 그런 모습을 보며 착잡한 숨을 흘려냈다. 제자들을 다그쳐야 하겠지만 현재로썬 그럴 심정도, 처지도 되지 못했다. 이틀 사이에 많은 제자가 고혼이 되어 사라졌다. 유언도 못 들어보았고 헤어짐의 눈인사도 못했다. 제자들은 그냥 이유도 모른 채 쫓겼고, 그러면서 무참히 죽었다. 제자들의 목숨을 지켜주지 못했다는 것이 비수가 되어 심장을 찔러온다. 그건 자객의 검에 당한 부상보다 훨씬 더 그를 고통스럽게 하고 있었다.

유번이 말을 몰고 돌아왔다. 대충 봐도 이십여 필이 넘는다. 부상자들을 우선 말에 태웠고, 그런 다음 나머지 검사들도 말에 오르라고 명했다. 조광생은 말에 오르기 전에 화연산을 찾아 주변을 돌아봤다.

화연산은 제자들의 시신을 모아놓은 앞자리에 멍히 앉아
있었다.

화연산의 현 심정을 어찌 모르랴. 조광생은 그곳으로 걸어
가서 말했다.

"장문인 일어나시지요. 제자들이 기다리고 있소이다."

"……."

화연산은 대답을 하지도 조광생을 돌아보지도 않았다.

"장문인의 심정을 모르는 바는 아니나 이럴수록 의연한 모
습을 보이셔야 합니다. 자, 어서 갑시다."

조광생의 이어진 말을 듣고서야 화연산이 자리에서 일어
났다. 조광생은 화연산의 얼굴을 잠시 쳐다보곤 눈길을 돌렸
다. 마음고생이 얼마나 심했는지 하룻밤 사이에 십 년은 늙어
버린 것 같은 화연산의 얼굴이었다.

화연산이 말했다.

"사형, 우리가 많이 잘못 생각한 것 같습니다."

"무슨?"

화연산의 말뜻이 미묘하다. 제자들의 죽음에 괴로워하고
있었던 것만은 아닌 것 같다.

"아비객은 사형과 내가 알고 있던 무림의 살수 모습이 아
닙니다. 이자는 전장에서 적을 죽이는 것에 특화된 살인 병기
같은 모습을 보이고 있습니다. 단언컨대 무림의 방식으로 싸

운다면 어느 누구도 쉽게 처리하지 못할 것입니다."

화연산의 말에 동의한다. 아비객과의 추격전 상황을 되돌아보면 무림인의 싸움 방식으로 승부가 결정 난 것은 거의 없었다. 승부는 무공의 고하가 아닌 실전 흐름에 맞춘 대응력으로 한순간에 끝이 났다. 조광생 자신의 검폭사가 뚫렸을 때도 그랬다. 벽면에 처박혔던 아비객이 그렇게 뒤도 돌아보지 않고 은빛의 검을 날릴 줄은 진정 예상을 못했다.

"그건 나도 같은 생각입니다. 하니 이제부터 아비객의 전투력을 인정하고 저격 상황에 대처할 것입니다."

인정한다는 말은 곧 아비객의 무력을 조광생 자신보다 윗선에 두겠다는 뜻이다. 절정의 검사로서 자존심이 상하는 것은 없다. 패인을 모르고서야 성장도 없고 복수도 없다.

"사형, 내 말뜻은 그게 아닙니다. 대처의 방식이 잘못되었다는 겁니다."

화연산의 말뜻이 다시 미묘하다. 조광생은 이채를 담은 눈으로 화연산을 주시했다.

"우리가 말을 타고 간다고 해서 상황이 해결되지 않습니다. 그자는 우리가 죽든 자신이 죽든 둘 중 하나가 생을 정리하기 전에는 추적을 결코 멈추지 않을 것입니다."

"하면 장문인의 생각은 무엇입니까?"

"제자들의 목숨에 연연하면 오히려 희생만 더 많이 늘어납니다. 하니, 우리 역시 누가 죽든 끝을 볼 각오로 자객의 살수에 맞서 싸워야 합니다. 내가 이런 결정을 조금만 더 일찍 했더라면 점창파의 검사로서 치욕만큼은 당하지 않았을 것입니다."

끝장을 보는 싸움.

쫓기는 과정에서 조광생도 내심 그렇게 생각한 적이 있었다. 다만 제자들의 안위와 화연산의 입장을 고려해서 그런 주장을 강력하게 하지 못했다.

"사형, 이렇게 합시다. 지금부터 대열을 두 개로 나눌 테니 사형께서 말을 타고 제자들을 인솔해서 성검산장으로 가십시오. 나는 사형이 떠나면 초목원의 말을 전부 죽이고 낙양 북부로 일협과 사협을 데리고 가겠습니다."

"장문인의 말은?"

"명색이 점창파의 장문입니다. 자객의 살수 따위에 위협을 받아 말을 타고 달릴 수는 없지요."

경신술로 가겠다는 뜻. 다시 말해 끝장을 보는 싸움은 화연산이 하겠다는 뜻이다.

"사형, 내 뜻을 꺾지 말아주십시오. 사문에 치욕을 남긴 몸입니다. 부디 나에게 그 치욕을 씻어낼 기회를 주시기 바랍니다."

화연산의 눈빛에는 결기가 담겼다. 조광생은 그런 화연산의 뜻을 꺾지 못했다. 그가 화연산의 입장이었어도 같은 결정을 내렸을 것이다.

"하면 사형, 제자들을 데리고 먼저 떠나십시오. 인사는 하지 않겠습니다."

화연산이 등을 돌렸다. 결심을 보여주듯 뒤돌아선 후에는 일절 조광생에게 말을 하지 않았다.

조광생도 돌아섰다. 그는 검사들의 대열로 걸어가서 화연산의 지시대로 유번과 진평성만 현장에 남기고 말에 올라탔다.

"점창파, 낙양으로 간다! 장문인께서는 우리의 후방을 돌봐주며 뒤따라올 것이다. 가자!"

조광생의 지시에 검사들은 황혼을 바라보며 말을 몰았다.

조광생은 검사들이 전부 떠난 후에 마지막으로 말고삐를 잡았다.

그때 화연산이 등을 돌려 조광생을 쳐다봤다. 전음이 들려오고 있었다.

[사형, 자객이 만약 사형을 추적한다면 그땐 제자들의 목숨에 연연하지 마시고 최선의 대처를 하시기 바랍니다. 소제는 사형이야말로 점창파의 장문인에 적합하신 분이라고 생각합니다.]

조광생은 화연산을 진하게 주시했다. 제자들의 목숨에 연연하지 말라는 것과 점창파의 장문인에 적합하다는 그 말의 뜻은 하나로 통한다. 화연산 자신은 자객과의 싸움에 목숨을 걸었으니 조광생은 반드시 살아남으라는 거다.

[사제는 겸손한 말로 나를 부끄럽게 하지 말라. 사천의 별은 누가 뭐라고 해도 검신 사제이다. 이 형은 사천의 검귀로 평생을 살아가도 만족함이니 사제는 반드시 자객과의 싸움에서 승리하고 낙양으로 돌아오시라.]

하대와 사제란 말.

화연산이 장문인에 오른 이후로 하대도 처음이고, 사제라고 불러보는 것도 처음이다.

조광생은 그 전음을 끝으로 말을 몰고 황혼 속으로 달려갔다.

*   *   *

조광생이 떠난 후 화연산은 초목원에 장작불을 피웠다. 그런 다음 마구간 앞자리에 커다란 구덩이를 팠고, 그곳에 검사들의 시신을 모아 합장묘를 만들었다. 유번과 진평성이 자객의 저격을 염려해 길을 떠나자고 재촉했지만 화연산은 그럴 마음이 없는 듯 합장묘에 엄숙하게 절을 올리며 오랫동안 제자들의 넋을 달랬다.

화연산의 느슨한 대처는 날이 저문 후로도 계속됐고, 그렇게 삼경을 보내고 축시가 지나서야 화연산은 초목원에서 나섰다.

조망산에서 내려갈 때도 화연산은 자객의 저격을 염두에 두지 않는 모습이었다. 경신법도 속보도 아닌 그냥 산책하듯 산길을 유유히 걷는 모습. 이런 모습을 보면 그는 자객에게 저격당하기를 스스로 원하는 것 같았다.

조망산 초입에서 대로와 소로, 두 갈래로 길이 갈린다.

말을 타기 용이한 곳은 우측의 대로.

조광생은 이 길을 통해 낙양으로 떠났을 것이다.

화연산은 주저 없이 좌측 소로로 걸어갔다.

"장문인 이렇게 무방비로 걸어가시면 안 됩니다. 저희가 목숨을 걸고 장문인을 지킬 테니 어서 낙양으로 떠나시지요."

유번이 경신술을 사용하자고 말했지만 화연산은 여전히 걸음의 속도를 높이지 않았다. 그는 평상적인 걸음으로 낙양을 향했고 가끔은 걸음 도중에 무방비로 멈춰 서서 밤하늘을 멍히 올려다봤다.

이십 리를 그렇게 걸어왔다.

화연산의 의도가 무엇인지 모르지만 신풍이협들도 이젠 빨리 달리는 것을 포기했다.

삼십 리를 걸었을 때 화연산이 유번과 진평성에게 가까이 오라고 눈짓을 보냈다.

곧 유번과 진평성이 화연산의 좌우에 바짝 붙어 길을 걸었다.

화연산이 물었다.

"자객의 추격으로 감지되던 것이 있었느냐?"

어둠 탓에 자객의 추격을 눈으로 확인할 수는 없었다. 다만 내공을 소유한 고수로서 직감이란 것이 있었다.

"확실하지는 않지만 십 리 전부터 우리 후방에서 무언가가 감지되는 것 같습니다."

"제 생각도 그렇습니다. 누군가가 어둠 저편에서 따라붙고 있는 느낌입니다."

유번과 진평성이 같은 의견을 내어놓았다.

화연산은 고개를 끄덕였다. 그는 유번이나 진평성보다 조금 더 선명하게 추격의 느낌을 받았다.

자신을 뒤쫓아 오는 자객의 추적!

이 사실은 화연산에게 쓰라린 아픔으로 다가왔다. 자객의 주표적이 누구인지 알게 된 것이다.

화연산은 자책했다.

"나는 참으로 무능했던 수장이로다. 그 간단한 사실도 모르고 제자들을 희생시켰으니……. 헛헛헛."

점창파 검사들을 해치는 것이 목적이었다면 자객은 당연히 조광생을 따라가야 한다. 자객이 만만한 먹잇감을 두고 굳이 이곳으로 따라온 이유는 하나밖에 없다. 자객의 주표적이 바로 화연산이라는 것이다.

"으음."

유번과 진평성도 이제 자객의 주표적이 누구인지 알았다. 자책하는 화연산의 심정과 다르다면 그들은 장문인을 반드시 지켜야 한다는 충성심에 전의를 불태운다는 것이다.

화연산이 허무한 웃음을 멈추었다. 웃음 뒤에는 결기의 심정을 담은 명이 있다.

"낙양 북부에 백사단의 옛 총단 금사도가 있다고 들었다. 맞느냐?"

"네, 망자의 대지라는 북망산 기슭에 금사도가 있습니다. 지금은 훼손되어 흔적만 남아 있는데… 갑자기 그건 왜 물어보시는지?"

금사도(禁土島).

이백 년 전, 무림에 혈겁을 일으켰던 백사단의 총단이다.

당시 백사단의 악행을 참다못한 동북검존 초세건이 구십구 인의 무림 결사대를 이끌고 금사도로 쳐들어가서 백사단을 전멸시켰다. 무림은 백사단을 공격한 백 인의 결사대를 백선단이라 부르며 칭송하는데 안타깝게도 동북검존 초세건은 그때 백사단주 사예극과 양패구상하여 금사도를 빠져나오지 못했다. 금사도는 입구는 하나이지만 출구는 백 군데가 넘을 정도로 변화막측한 곳이다. 그러기에 검존의 생사는 백선단 의 대대적인 수색에도 불구하고 끝내 알지 못했다.

"가자, 금사도로. 자객이 죽든 내가 죽든 그곳에서 끝을 볼 것이다."

화연산은 구체적인 설명 없이 그 정도로 대답하곤 낙양 방면으로 달렸다.

느긋이 걸었던 이전의 모습과는 확연히 다르다. 잠깐 사이에 오십 장을 달려가는 빠른 움직임. 화연산을 놓치지 않으려면 이것저것 따질 처지가 아니다. 유번과 진평성도 곧 경신술을 발휘해 따라붙었다.

추적 구백 리, 하남성 북망산.

날이 밝았다.

화연산은 일출로 물든 북망산 안으로 걸어가고 있었다.

자객을 유인하는 작전은 일단 성공했다. 이곳까지 오는 동안 틈틈이 후방을 감시해 보았는데 자객이 따라붙고 있다는 것이 확실히 느껴지고 있었다.

이제 남은 것은 자객을 금사도로 끌어들이는 것.

전방에 암벽 사이로 형성된 동굴이 나타난다.

지하로 들어가는 동굴이 아닌 지상으로 올라가는 암벽 동굴.

선인의 방문을 금지하는 곳, 금사도다.

화연산은 금사도 입구 십 장 앞에서 걸음을 멈추었다.

"나 혼자 들어간다. 일협과 사협은 이곳에 남아라."

"네?"

"그게 무슨?"

화연산의 말에 유번과 진평성이 깜짝 놀란 반응을 보였다.

"자객이 노리는 표적은 나다. 너희는 자객과 굳이 싸울 필요가 없다."

유번이 강하게 반박했다.

"그럴 수 없습니다. 저희가 죽음으로서 장문인을 보호하겠습니다."

진평성도 거들었다.

"명을 거두어주십시오. 어찌 우리를 남겨두려 하십니까? 자객의 목을 잘라 형제의 원한을 갚아줄 것입니다."

화연산은 결정을 돌리지 않았다.

"너희가 남아 금사도의 입구를 막아야 한다. 그래야만 자객의 퇴로가 차단된다."

일리가 있는 말이지만 유번은 그럼에도 뜻을 굽히지 않았다.

"장문인의 뜻을 알겠습니다. 하면 이곳엔 사협이 남고 저는 장문인을 따라가겠습니다."

"그렇게 하십시오, 장문인. 제가 이곳을 맡을 테니 일협을 데리고 가십시오."

화연산이 유번과 진평성을 노려봤다.

"바보 같은 놈들! 자객에게 그렇게 당하고도 모르느냐? 너희가 나를 따라오면 나의 활동을 막는 걸림돌이 될 뿐이다. 이곳에 남아라. 이건 점창파의 장문인으로서 내리는 명령이다."

유번과 진평성은 화연산의 명을 더는 거역할 수 없었다. 명을 내릴 때 화연산의 눈빛에서는 결기를 넘어선 섬뜩함이 비치고 있었다.

분위기가 숙연해지자 화연산이 곧바로 조치를 이었다.

"너희의 검을 내게 넘겨라. 내가 검을 던지면 너희는 즉시 인근 지역에 숨어라."

진평성과 유번이 검을 건넸다. 화연산은 진평성의 검을 십 장 전방으로 던졌고, 다른 하나는 암벽 상단으로 날렸다.

쿠아앙!

십 장 전방의 대지에서 큰 폭발이 일어났다. 전방으로 던진 검은 자객의 눈을 잠시 가리고자 했던 의도이다. 폭발이 일어날 때 유번과 진평성은 재빨리 인근에 몸을 숨겼다.

[암벽 상단에 비검탄을 꽂아두었다. 자객이 금사도로 들어가면 즉시 검을 뽑아 입구를 붕괴시켜라. 명심하라! 너희는 절대로 자객과 맞서지 마라!]

화연산은 경고의 전음을 남기고 금사도 안으로 들어갔다.

*   *   *

슈웅!

전방에서 갑자기 검이 날아오자 담사연은 엄폐물을 찾아 몸을 피했다. 그의 위치를 정확하게 파악하고 날린 것은 아니었다.

비검은 그의 위치에서 한참 앞의 대지에 꽂히며 폭발했다. 폭발이 진정된 후에 현장을 다시 살펴봤다. 화연산이 암벽 사이의 동굴로 뛰어들고 있었다.

'나머지는? 먼저 들어간 것인가?'

화연산을 수행했던 두 명의 검사가 보이지 않았다. 찜찜한 생각이 들지만 지금으로썬 그들의 행적을 알 수가 없었다.

그는 혹시 모를 함정에 대비해 은신처에서 한동안 머물렀다.

돌이켜 보면 의심스런 구석이 추격 중에 있었다. 표적은 이곳까지 오는 동안 경신의 속도를 자주 조절했다. 어떤 곳에서는 한 식경 동안이나 무방비로 걸어가기도 했다. 그럴 때 그는 추격을 하는 것이 아니라 유인되는 것 같은 기분을 느꼈다.

'어차피 끝에 다다른 싸움이야. 유인이든 뭐든 그냥은 보내줄 수 없어.'

그는 마음을 굳게 다졌다. 검신이 최후 표적이었던 점을 고려하면 결국엔 어려운 승부를 할 수밖에 없었다.

일각이 지났다. 동굴 입구에서는 어떤 인적도 감지되지 않았다. 함정이 아니라고 판단되자 그는 그곳으로 조심스럽게 다가갔다.

십 보 거리를 두고 동굴의 구조를 살펴봤다. 지하로 들어가는 동굴이 아니었다. 암벽 안에 형성된 석굴도 아니었다. 가까이서 보니 동굴은 암벽과 암벽 사이의 천연 통로처럼 형성되어 있었다.

'이곳은 뭐지? 이름 없는 장소는 아닌 것 같은데……'

강호 경험이 짧아, 현재로썬 암벽 동굴의 실체를 알아낼 수 없었다.

'일단 들어가 보자. 아니다 싶으면 즉시 빠져나오는 거야.'

결정을 내린 그는 주변을 한 번 더 살펴보고는 동굴로 곧장 내달렸다. 암습을 염려해서 동굴로 들어갈 때는 망혼보를 사용했다.

동굴로 들어왔다.

그는 입구에서 이십 보 정도 들어와 신법을 멈추었다.

막힌 굴이 아닌 뚫린 굴이었다. 십 장 전방에 동굴의 출구가 있었다.

빛이 쏟아져 들어오는 출구.

느낌으로 동굴 바깥에 분지 같은 공간이 있을 것 같았다.

'위험해. 나가야 돼. 다른 길이 있을 거야.'

그는 일단 밖으로 나가서 조치를 강구한다는 생각으로 몸을 뒤돌렸다.

바로 그때 동굴 입구가 와르르 무너졌다.

퇴로 차단.

이건 자연적인 현상이 아니다.

누군가가 동굴 입구의 암벽을 붕괴시켰다. 그 누군가는 아마도 그가 행적을 잠시 놓쳤던 일대제자들일 것이다.

'내가 너무 쉽게 생각했어. 비검은 교란이었던 거야.'

정면 돌파만 남은 지금, 후회해 봐야 아무런 소용없다. 이젠 죽이 되든 밥이 되든 동굴 밖으로 나가야 한다.

그는 이를 악물었다.

'좋아, 원한다면 이곳에서 끝을 보자.'

바랑에서 손목 방패, 중무련의 십방패를 꺼냈다. 십방패는 공격 용도가 아닌 방어 무기인데 그는 저격전을 주로 하기에 이것을 거의 사용하지 않았다. 신강의 전장에서도 세 번 정도만 사용해 봤다.

그는 십방패를 왼손에 착용한 다음 동굴 출구로 달려갔다.

전력을 다한 망혼보.

동굴 밖으로 나오던 시점에서 그의 신형이 여덟 개로 분열된다.

저격을 염려한 방어 조치인데 그만 그 망혼보를 무의미하게 만드는 공격이 있었다.

가아아악!

칼날 모양의 검기가 날아왔다.

방향은 정면이 아닌, 측면.

검기는 무섭게 날아오며 망혼보의 분열 신형을 차례로 잘라 버렸다.

쿠앙!

칼날 모양의 검기가 망혼보의 일곱 번째 분열 신체에 다다랐을 때 짧은 폭음이 터져 나왔다.

일곱 번째 분열 신체는 담사연의 진체. 상황이 위급해 그가 십방패로 칼날 검기를 막아낸 것이다.

"크윽!"

십방패가 단박에 부서졌다.

그는 격돌의 충격에 피를 토하며 바닥을 굴렀다.

뇌리가 뒤흔들리고 심장이 부서질 것 같지만 이대로 손 놓고 있을 수는 없다.

그는 구르던 몸을 와락 멈추고 튕기듯 회전 낙법을 시도했다.

쿠앙!

그가 몸을 멈추었던 지점으로 회오리 장풍이 날아와 대지를 강타했다.

조금만 늦게 움직였어도 몸이 박살 났을 것이다.

회전 낙법을 끝낸 그는 앞으로 내달리며 옆을 쳐다봤다.

이십 보 거리에서 자의검사, 화연산이 그와 같은 방향으로 내달리고 있었다.

화연산이 달리던 중에 손을 들었다. 검이 화연산의 손 위에서 맹렬하게 회전했다.

"점창의 이름을 더럽힌 죄! 점창의 검사들을 죽인 죄! 그리고 나를 능멸한 죄! 삼 죄를 물어 네놈의 신체를 세 조각으로 잘라 버리겠다!"

휘리리링!

회전검이 화연산의 손을 떠났다.

비검이라고 하기에는 너무나도 두려운 검공.

대성하면 어검에 이른다는 점창파 비전, 어비검탄 삼검식이다.

"아!"

회전검이 날아올 때 담사연은 아찔했다. 측면 공격에 취약한 망혼보이다. 알고 그랬는지 우연의 일치인지 모르겠지만 화연산이 그의 측면에서 거듭 공격을 퍼붓고 있었다.

'이대로는 죽음이야. 위험해도 정면 승부를 해야 돼!'

그는 달리던 방향을 화연산의 정면으로 돌렸다. 여덟 개의 분신체가 반회전 나열을 하는 것 같은 착시가 일어났다.

퍽! 퍽!

진행 방향이 완전히 바뀌기 전에 회전검이 날아와 분신체의 허리를 갈랐다.

잘린 하체와 몸통은 각자 따로 움직였다.

화연산의 눈으로 보면 마술을 보는 것 같았으리라.

신체가 그렇게 잘리는 과정에서 분신체들이 석궁을 들었다. 그리고는 화연산을 향해 달려가며 일제히 쇠뇌전을 쏘았다.

슝! 슝! 슝! 슝! 슝! 슝! 슝! 슝!

여덟 발의 쇠뇌전 중에 진체는 하나.

찾기도 여의치 않고 그럴 시간도 부족하자 화연산이 눈을 번뜩였다.

화연산의 상의가 부풀어 오른다. 내력 발출이다.

팅!

쇠뇌전 한 발이 화연산의 가슴에 명중되자마자 튕겨 나갔다. 정확히는 화연산의 신체가 아닌 기막에 의해 튕겨 나갔다.

호신강! 방어기공의 최고 수법이라는 호신강기의 발휘이다.

"어딜!"

쇠뇌전을 튕겨낸 화연산이 바로 반격에 나섰다. 화연산은 호신강을 일으킨 자세에서 양손을 수평으로 뻗었다. 그러자 수평선의 기막이 분신체의 나열 거리만큼 형성됐다.

담사연은 이때 화연산의 오 보 앞에 다다라 있었다. 가속이 붙었기에 방향을 바꿀 수도 멈출 수도 없어 그냥 맞부딪쳤다.

"크윽!"

분신체는 기막을 뚫지 못했다.

그는 피를 토하며 삼 장 너머의 바닥에 나동그라졌다.

화연산의 공격은 아직 끝나지 않았다. 화연산은 담사연의 모습을 눈으로 뒤쫓으며 손을 들었다. 회전검이 화연산의 손으로 날아왔다. 화연산은 검을 손에 잡자마자 다시 담사연에게 내던졌다.

회전이 아닌 직선으로 날아가는 검!

어비검탄 이식 검비탄이다.

쿠아앙!

담사연이 쓰러졌던 지점에서 폭발이 일어났다. 잔해가 허공으로 치솟고, 먼지가 구름처럼 피어난다.

잠시 후, 폭발의 여파가 가라앉고 현장 상황이 일목요연해졌다.

화연산이 던진 비검은 담사연의 옷깃이 삐져나와 있는 대지 깊숙이 꽂혀 있었다.

화연산이 그곳으로 걸어가며 말했다.

"아비객이 망혼보를 사용한다는 정보가 있었다. 처음엔 믿지 않았지만 오늘 너에게 추격전을 당해 보니 사실일지 모른다는 생각이 들더군. 그래서 대응 수법을 미리 생각해 두었지. 네놈은……."

화연산의 말이 중단됐다. 걸음도 멈추었다. 화연산은 대지에 꽂힌 검을 향해 손을 내밀었다. 검이 뽑혀져 그의 손으로 날아왔다. 담사연의 옷도 허공으로 잠시 떠올랐는데 신체는 없고 상의만 남아 있었다.

"이놈! 어디로 숨었느냐!"

이미 은신한 상태다. 대답이 들려올 리가 없었다. 화연산이 눈빛을 번뜩이며 주변을 돌아봤다. 금사도는 사방 삼십 장의 크기이다. 그 공간 안에 백사단 총단의 잔해물이 곳곳에 남아 있어 은신처로 삼을 만한 곳이 아주 많았다.

담사연의 은신처를 알아낼 수 없자, 화연산이 검을 들어 주변의 사물을 닥치는 대로 부숴 나갔다.

잠깐 사이에 금사도가 전쟁터처럼 변했지만 담사연의 모습은 어디에서도 발견되지 않았다. 도주는 불가능에 가깝다. 금사도는 삼십 장 밖으로 십 장 깊이의 단애가 있고 그 아래로는 물길이 형성되어 있다. 섬 아닌 섬, 금사도라 불린 것도 그 때문인데 검비탄에 타격된 야랑의 몸 상태로는 화연산의 감시망을 피해 단애를 넘어갈 수가 없었다.

검비탄 폭발 지점의 십 장 반경 안에 은신 장소가 있다.

"하아!"

그렇게 판단한 화연산은 검병을 두 손으로 잡고 하늘로 치솟았다. 그런 다음 신검합일의 자세로 대지를 직격했다. 조광생의 검폭지 초식을 응용한 대지 직격이다.

쿠아앙!

검이 대지에 직격되자 폭발과 함께 땅거죽이 뒤집어졌다. 조광생의 검폭지에 조금도 못하지 않은 위력. 화연산의 대지 직격은 위치를 바꾸어가며 계속됐다. 그렇게 아홉 번을 연속해서 대지를 직격하자 십 장 이내의 대지가 모두 파헤쳐졌다.

"······!"

열 번째의 대지 직격을 앞두고 화연산이 문득 눈을 빛냈다.

은신 장소를 마침내 찾아낸 것이다.

파손된 돌벽 사이에 담사연이 허리를 숙여 앉아 있었다.

　화연산은 곧 검봉을 그곳으로 맞추고 유성처럼 직격했다.

　담사연도 이때 결전을 각오하고 물러섬 없이 철검을 세워
들었다.

9장

무림일병 빙룡환(氷龍環)

번쩍! 콰앙!

대지 직격보다 검광이 먼저 번쩍였다.

담사연과 화연산은 격돌 이후 십 장 거리를 두고 갈라졌다.

담사연은 한쪽 무릎을 꿇은 자세로 피를 토해냈고, 화연산
은 복부에 검상을 입은 모습으로 몸을 비틀댔다.

외견상으로는 담사연의 도박이 성공한 모습이었다.

담사연은 화연산의 직격에 맞서 방어는 무시하고 쾌월광
을 날렸다. 조망산 습격전에서 이와 흡사한 대결이 있었지만
그때와는 상황이 많이 달랐다. 그때의 쾌월광은 공격이 아닌

수비적인 대응이었다. 이번엔 둘밖에 없으니 뒷일은 생각하지 않고 상대를 먼저 죽이면 승부가 끝난다고 할 수 있었다. 그래서 그가 이번에 날린 쾌월광은 습격전에서 보인 그것과는 비교가 안 될 정도로 빠르고 강력했다.

그의 이런 도박 승부는 결국 화연산으로 하여금 검의 방향을 돌려서 대지를 직격하게 만드는 결과를 이루어냈다.

그러나 상황이 그렇게 되었다고 해서 담사연이 승기를 잡은 것은 또 아니었다. 결과적으로 보면 화연산이 훨씬 더 유리한 상황이었다. 화연산은 쾌월광에 복부가 관통되고도 활동이 가능한 반면 담사연은 지금 운신하기가 버거울 정도로 중상을 당해 있었다.

암담한 상황에서 담사연이 비꼬듯 말했다.

"엉터리 정보야. 망혼보에 대해 들었다면 자객이 능광검을 사용한다는 것도 알아냈어야지."

능광검이라는 말에 화연산이 묘한 눈빛을 잠깐 굴렸다.

"흥! 능광검? 안 그래도 그것을 의심했지. 하나 살수 나부랭이들이나 칭송하는 그따위 잡검을 내가 왜 알고 있어야 하지?"

화연산이 말하며 오른손을 들었다. 검이 회전하며 하늘로 날아갔다.

"너는 똑똑히 알라. 아비객이 아니라 양정이 되살아와도 능광검 따위로는 나를 어찌 할 수 없다는 것을!"

슈우우우웅!

화연산의 회전검이 하늘을 회선했다. 비행 중에 검의 방향을 자유롭게 돌리고 있으니 이건 비검의 수준이 아니다.

어비검탄 삼식 어검탄.

화연산은 지금 어검의 경지에 다다른 절정 검공을 선보이고 있었다.

"보라, 이것이 바로 무림 검가의 진정한 내력 검공이다!"

화연산이 담사연을 손으로 가리켰다. 그러자 하늘을 휘돌던 어검탄이 화연산의 등 뒤로 날아가 그곳에서부터 담사연을 향해 가공할 속도로 날아갔다.

'승부!'

화연산의 정신이 어검탄 발휘에 집중되던 그 순간 담사연은 은빛으로 물든 눈을 번쩍 떴다. 그는 어검탄을 직시하며 오른손을 길게 내던졌다. 오른손에서 은빛의 검이 발출되어 빛살처럼 날아갔다.

팟!

서로를 마주보며 날아간 어검탄과 은빛의 검.

타격음은 하나뿐이다.

둘 중 하나가 더 빨리 표적을 맞추었다는 것이다.

"으윽."

화연산이 악문 신음을 토했다.

은빛의 검이 화연산의 가슴에 꽂혀 있었다. 화연산은 이 결과를 이해할 수 없다는 얼굴로 담사연을 쳐다봤다.

담사연이 말했다.

"틀렸어. 양정의 검법이 아냐. 그건 능광의 검이야. 어검술을 잡는 최고의 검공이지."

화연산이 고개를 갸웃했다.

"능, 능광의 검이라고?"

은빛의 검이 화연산의 가슴 속으로 녹아들었다. 화연산은 함몰되듯 바닥에 무릎을 꿇었다.

담사연은 이 결전의 끝을 보고자 힘겹게 일어났다.

"그만 지옥으로 가라. 나도 이젠 네가 징그럽다."

그는 화연산의 얼굴 앞으로 걸어가 자모총통을 꺼냈다.

남은 총환은 두 발.

두 발 모두 사용해 머리를 박살 낸다는 생각이다.

"지옥? 흥!"

바로 그때 화연산이 독기 어린 눈으로 담사연을 올려다봤다.

아직도 저항할 힘이 남아 있었던가.

담사연은 자모총통을 화연산의 이마에 쏘았다. 화연산은 이마가 뚫린 상태에서도 즉사하지 않았다. 오히려 이전보다 더 강력한 기세를 분출하며 담사연의 몸을 끌어안았다.

"같이 가자, 그 지옥!"

화연산이 담사연의 몸을 안고 단애 아래로 몸을 내던졌다.

쿠아앙!

두 사람의 몸이 단애 아래의 물길 바닥을 뚫고 지하로 떨어졌다. 공교롭게도 그들이 떨어진 물길 바닥은 천연의 대지가 아니었다. 지하 건물이 따로 있는 인위적인 구조물인데 흘러간 세월에 금사도 아래의 물이 많이 말라 버려 이렇게 쉽게 뚫려 버린 것이다.

물길 바닥을 뚫어낸 추락은 십 장을 넘어 이십 장, 이십 장을 넘어 삼십 장도 넘게 진행됐다. 추락의 깊이만큼 떨어지는 속도도 상당했다. 이대로 바닥에 충돌하면 어육이 되는 것은 피할 수 없었다.

담사연은 자신의 몸을 끌어안은 화연산의 모습을 살펴봤다. 화연산은 정신을 잃은 상태인데 그를 안고 대지로 떨어졌을 때 진원 진기를 씨앗까지 일으켜 사용했다. 그래서 추락과 상관없이 죽음이 예정되어 있었다.

이대로 같이 죽을 수는 없다.

그는 화연산의 몸을 분리해 보다가 소용없자 지주망기를 머리 위로 쏘았다. 천잠사가 벽면 구조물에 걸리며 쭉쭉 늘어났고, 그러다가 하중을 못 견디어 부러진 구조물과 함께 다시 추락했다.

쿵!

이윽고 바닥에 떨어졌다. 골육이 흔들리는 고통이 있었지만, 천잠사로 추락의 속도를 줄였기에 충돌의 세기가 약해져 생명에는 지장이 없었다. 그는 잠깐의 시간을 보낸 후, 화연산을 찾아봤다. 지면과 충돌할 때 둘의 몸이 분리되었는데 화연산은 팔과 다리가 완전히 부러져 있었다.

의외라면 그런 상태에서도 화연산이 아직 생존해 있다는 것이었다.

"우욱! 우욱!"

화연산이 검은 피를 왈칵 토했다. 그러더니 눈이 다시 맑아졌다.

회광반조다.

"사천의 검신이, 중원의 검신이 되어보지도 못하고 이렇게 죽는구나. 핫핫핫!"

화연산은 자조 어린 말을 하고 나서 담사연을 쳐다봤다.

"하나만 묻자. 나는 너와 어떤 악연도 없거늘 왜 나를 죽이려고 했느냐? 누가 청부를 한 거냐?"

담사연은 사실 그대로 대답했다.

"청부 같은 것은 없어."

"하면 이유가 뭐냐? 그것을 모른다면 나는 죽어서도 눈을 감지 못하리라."

"화음의 사건, 화문당의 아이들을 대신해서 내가 너희를 단죄한 거야."

화음의 아이들.

화연산이 그 말의 뜻을 잠시 생각하곤 눈살을 찌푸렸다.

"그러니까 고작 그 아이들 때문에 나와 우리 제자들을 그렇게 잔인하게 해쳤단 말이지?"

"너희 같은 신분에겐 고작 그 아이들이겠지만 나 같은 사람에겐 너희나 그 아이들이나 아무런 차이가 없어. 저승에 가서 그 아이들을 만나면 진심으로 사죄해."

"크핫핫핫!"

화연산이 허탈과 분통이 뒤섞인 웃음을 토해내곤 담사연을 노려봤다.

"정의감에 불타는 대단한 자객이군. 이봐 자객, 그 아이들 점창파가 죽인 것도 아니고 내가 지시한 것도 아냐. 우린 동심맹주의 부탁으로 그곳에 갔을 뿐이야. 사중천의 혈마가 화문당을 급습한다는 정보가 있었거든."

이번엔 담사연이 눈살을 찌푸렸다. 약간은 당혹스런 말인데 설령 그렇더라도 죄책감 같은 것은 없었다. 헛된 죽음일지언정 그건 칼밥을 먹는 자의 운명일 뿐이었다.

담사연이 물었다.

"화문당에 아이들이 있다는 것도 몰랐어?"

"그건 알았지."

"하면 그 아이들이 어떻게 되는 줄 진짜 몰랐어?"

"성체가 되는 일부 아이들만 용문으로 보내진다는 것을 알았어."

"용문이란 건 뭐야?"

"말할 수 없어."

"위치는?"

"나도 몰라."

화연산의 대답을 듣는 도중에 담사연은 바닥의 철검을 손에 들었다.

"용문으로 가지 못한 나머지 아이들은?"

"내 관심 사안이 아니었어. 성체가 되지 못한 아이들이 그렇게 죽는다는 것도 이번에 알았어."

"그 아이들이 유괴된 아이들이란 걸 알았어?"

"……."

"정말 몰랐어?"

"……."

화연산이 대답을 못했다.

"그거면 죽을 이유가 충분해!"

담사연은 말과 함께 철검으로 화연산의 목을 와락 베어

냈다.

사천의 검신, 화연산이 이렇게 죽었다.

그는 바닥에 드러누워 눈을 감았다.

몸이 천근만근이다.

이틀간의 전투 상황이지만 기분으로는 일 년도 넘게 진행된 것 같다.

*　　　*　　　*

지저굴의 고요 속에서 시간을 보내길 한참, 담사연은 정신을 차려 화연산의 몸을 더듬었다. 화연산의 가슴 안에서 화문당의 밀지가 나왔다. 그는 밀지를 챙긴 다음, 화연산의 인두와 전투 암기를 바랑에 담고 일어섰다.

하늘을 올려다본다.

떨어질 때는 금방이었는데 이제 보니 아득하게 높다.

지저굴 위로 올라가기가 만만치 않다는 생각이 들자 그는 내부를 살펴봤다.

내부의 공기는 의외로 청정하다. 어디선가 빛도 흘러들어온다.

갇힌 공간이 아니란 뜻이다.

그는 빛이 스며든 곳으로 걸어갔다.

갈라진 벽.

빛은 그곳에서 흘러나오고 있다.

확인 차원에서 그가 벽을 주먹으로 툭툭 쳤다. 그러자 벽이 통째로 무너지면서 벽면 뒤편, 수십 개의 야명주로 빛나는 원형 공간이 나타났다.

여긴 또 어디인가?

의문의 연속이다.

지저굴처럼 이곳도 인공적인 구조물이다.

오랫동안 인간의 방문이 없었다는 점을 보여주듯 내부에는 고립된 세월의 흔적이 고스란히 남아 있다.

"어?"

원형 석굴로 들어가던 그는 깜짝 놀란 얼굴로 멈추어 섰다.

백의인.

원형 석굴의 가장자리에 백의검사가 가부좌를 틀고 있었다.

누구인가?

오십 장 아래의 지저굴에 어찌하여 갇혀 있는 것인가?

지저굴에 스스로 은거한 기인인가?

뭐가 뭔지 도무지 알 수 없었다. 살아 있는 사람인지 죽은 사람인지조차 파악이 잘 안 되었다.

그는 확인 차원에서 백의인을 향해 조심스럽게 다가갔다.

백의인의 삼 보 앞.

그는 긴장이 풀린 숨결을 흘려냈다.

이미 죽은 사람이었다.

한편으로 죽음이 확인되자 또 다른 의문이 그의 머리에 스며들었다.

시체가 형체를 유지한 것으로 보아 사망 시점이 최대 한 달인데 그것은 지저굴 내부 모습과 완전히 상치된다고 할 수 있었다.

외부와 격리된 곳.

십 년은커녕 최소 백 년은 더 된 세월의 흔적이 지저굴 곳곳에 남아 있었다.

그는 백의인의 얼굴 앞으로 걸어갔다.

건장한 신체에 눈매가 매서운 중년 남자였다. 가부좌를 튼 허벅지 위에는 장검 한 자루와 서첩이 놓여 있었다.

장검은 녹이 슬어 쓸모가 없고 서첩엔 세월의 먼지가 가득 덮여 있었다.

그는 손을 내밀어 서첩을 잡았다.

그러자 백의인의 형제가 가루가 되어 바닥으로 스르르 내려앉았다.

이게 정말 가능한 일인가?

그는 귀신에 홀린 기분으로 서첩을 펼쳐봤다.

서첩 첫 장에는 혈서로 급히 적어놓은 글이 적혀 있었다.

동북검존 초세건이 글을 남긴다.

금사도로 들어와 백사의 무리를 멸했지만, 본좌는 백사단주의 빙룡환에 심장이 뚫려 지저층에 갇히게 되었다. 강호를 혼탁케 하는 마를 멸했으니 무림 인생의 후회는 없지만 천 년을 이어온 창천보록이 이렇게 사멸된다는 것이 무림의 검사로서 못내 아쉽도다.

이에 후세의 누군가가 지저층에 올 것을 기대하며 창천보록을 남긴다.

연자는 명심하라!

마음에 마(魔)를 담은 자는 창천보록의 한 구절도 이해하지 못한다.

창천보록은 오직 마음에 덕(德)을 쌓은 자만이 성취를 얻게 될 것이다.

읽어 보았지만 사건의 경위만 알 수 있을 뿐 실체적 내용은 파악이 안 되었다.

초세건, 백사단주, 빙룡환, 창천보록.

이 중 그가 알고 있는 용어는 하나도 없었다.

그는 창천보록을 서너 장 뒤로 넘겨보곤 그냥 바랑에 담았다.

일단은 이곳을 빠져나가는 것이 급선무였다.

나가기 전, 혹시나 싶어 마지막으로 내부를 둘러보았는데 특별한 것이 눈에 띄었다.

백의인의 몸이 가루가 된 곳.

그곳에서 무언가가 은은한 빛을 발산하고 있었다.

그는 가루를 파헤쳐 봤다.

팔찌.

적색의 빛을 일렁이는 팔찌였다.

재질이 무엇인지 모르지만 녹 같은 것은 일체 없었다.

"이게 빙룡환인가?"

초세건의 신체 가루 속에서 팔찌가 나왔다. 빙룡환이 심장에 박혔다고 초세건이 주장했으니 글이 사실이라면 이게 바로 그 물건이다.

그는 빙룡환을 오른손목에 걸었다. 빙룡환은 주인을 만난 듯 '찰칵' 소리와 함께 손목에 휘감겼다.

"나쁘지 않군."

신마교의 전투 암기를 많이 소유한 점에서 보듯, 평소에도 암기에 관심이 많았던 담사연이다. 그의 암기 중에서 가장 늦게 소유하게 된 빙룡환. 어쩌면 이것으로 인해 그가 소유한 무기의 순위가 재정립될 수도 있다.

추격 일천 리 하남성 낙양.

화연산이 실종된 지 사흘이 지났다.

동심맹이 무인들을 풀어 낙양 일대를 샅샅이 뒤졌지만 화연산은 어디에서도 발견되지 않았다.

동심맹의 핵심 무인들은 이게 무엇을 의미하는 것인지 모르지 않았다. 다만 사안이 너무 충격적이라 이 일에 대해 논하기를 서로 꺼려했다.

그렇게 실종 사흘이 되던 정오 무렵, 낙양 저자의 중심부로 관구(棺柩)가 세워진 상여가 배달됐다.

관구의 상단에는 화연산의 인두가 걸려 있었다.

보낸 이는 아비객이고 수령자는 조광생이었다.

다른 사람이 인두를 수령하면 아비객이 즉시 상여를 폭파한다고 명시하였다.

저자는 발칵 뒤집혔고, 그런 저자의 혼란 속에서 동심맹이 무인들을 급파했다.

조광생도 당연히 저자로 뛰쳐나왔다. 얼마나 급했는지 신발조차 제대로 신지 않았다. 조광생이 아무런 조치 없이 상여의 관구로 전진하자 동심맹의 무인들이 그의 행동을 극구 말렸다. 그렇게 해도 조광생이 말을 듣지 않자 그땐 동심맹주의 명과 성검산장 군자성의 이름으로 관구에 접근하는 것을 금지시켜 버렸다.

접근 금지 다음으로는 일대 수색에 들어갔다. 관구에서부터 저격의 사정권에 들어가는 삼십 장 인근의 모든 건물이 수색 대상에 포함됐다. 그리고 수색이 끝난 다음에는 위험 지역을 사십 장까지 확대하여 관구가 내다보이는 저자의 건물을 원천 봉쇄하였다.

자객의 저격에서 안전하다고 판단되자 동심맹이 비로소 조광생의 접근 금지령을 해제시켰다.

조광생은 떨리는 걸음으로 상여에 올라 관구 앞으로 다가섰다.

화연산의 얼굴이 선명하다.

손이 떨리고 다리가 후들댄다. 조광생은 화연산의 인두 앞에 서서 급기야는 눈물을 줄줄 흘려냈다.

검신검귀의 명호는 이제 없다. 이전에는 검귀란 명호가 수치스러웠으나 돌이켜 보니 그건 그에게 정말로 영광되었던 명호이다. 함께해서 자랑스러웠던 명호이며 함께해서 의지되었던 명호이다.

화연산의 입에는 자객이 남긴 것으로 추정되는 쪽지가 물려 있었다.

조광생은 떨리는 손으로 쪽지를 빼내 펼쳐봤다.

검신 하나로는 부족하다! 둘은 살아서도 함께 했으니 죽음도 같이 하리라!

"응?"

글을 읽어 본 조광생이 본능적으로 고개를 치켜들었다.

그 순간, 화연산이 눈을 번쩍 떴다. 아니, 정확히는 화연산의 오른쪽 눈알에서 쇠뇌전이 튀어나왔다.

*　　　*　　　*

관구 오십오 장 밖, 이 층 건물.

그는 이 층 건물의 용마루에 구채궁을 수평으로 고정해 놓고 표적을 조준했다.

표적 거리 오십오 장.

이제까지의 저격 중에서 최고로 멀리 있는 표적인데 구채궁이기에 이런 최장 거리 저격을 시도할 수 있다.

구채궁의 조준구에 잡힌 일차 표적은 조광생이 아니다.

표적은 관구 뒷면의 상단, 손가락 크기의 구멍이다. 그 구멍은 인두의 오른쪽 눈과 이어진다.

조광생을 직접 저격하지 않는 이유는 특급 고수의 자체 방어력 때문이다. 구채궁의 장뇌전이 아무리 위력이 강력해도 일반적인 저격술로는 절정 고수를 바로 죽이지 못한다. 저격에 성공하려면 표적이 저격을 전혀 예상 못하는 상황에서 명중시켜야 한다.

조광생이 관구 앞으로 다가선다.

그는 조준구를 보며 격발의 고리쇠에 손가락을 걸었다.

조광생이 쪽지를 펼쳐보고는 고개를 치켜든다.

투우우웅!

그 순간 구채궁에서 장뇌전이 발사됐다.

그는 격발 후에 저격의 확인 과정 없이 구채궁을 해체하고 용마루에서 내려왔다.

치밀한 계산 속에서 이루어진 저격이었다. 쇠뇌전에는 신마교의 독, 혈갈독까지 발라져 있었다. 그렇게 했음에도 재수가 좋아 살아난다면 그것은 검귀의 운명이었다. 이후로는 더는 검귀를 저격하지 않을 것이다.

저격을 마치고 대로를 걸어갈 때 하늘에서 유월이가 날아왔다.

오랜만에 받아보는 이추수의 전서이다.

그는 반가운 심정으로 전서를 읽어봤다.

사연 님!

놀랄 소식이 있어요.

제가 이번에 사건을 조사하던 중, 사연 님의 활동이 나왔어요.

사건은 화문당에서 벌어진 화음지변, 사이비 종교의 집단 자살로 알려졌는데 실은 무림인들이 개입한 여아 집단 살인 사건이에요.

이유는 잘 모르지만 아비객이 그곳에 나타나 나쁜 놈들을 싹 쓸었죠.

무엇보다 놀라운 사실은 그 사건이 점창파 검사들을 일천 리나 뒤쫓아 추격 척살한 아비객의 전적으로 이어졌다는 거예요.

그때 검신까지 아비객에게 척살당했는데 무림에서 자객사를 논함에 첫째로 꼽는 정말 대단한 사건이에요.

점창파는 그 후로 십 년 봉문에 들어가게 돼요.

검귀도 낙양 대로에서 왼쪽 눈이 저격되어 그 후 오 년 동안이나 폐관수련에 들어가게 되죠.

사연 님, 원인이 대체 뭐예요?

왜 점창파 검사들을 뒤쫓았어요?

검신파는 어떤 방식으로 싸웠어요?

혹시, 아직 그들과 싸우기 전인가요?

그렇다면 정말로 조심, 또 조심하세요.

사천의 검신검귀는 지금의 시대에서도 그 능력이 회자될 만큼 검공이 강한 검사들이에요.

사연 님.

저는 지금 궁금한 것이 너무 많아 잠을 못 이룰 정도예요.

어때요?

저게 전부 설명해 주실 거죠?

사실대로 알려 주지 않으면 한동안 감추어 두었던 왈가닥 성질 나옵니다.

전서를 읽어본 그는 피식 웃었다.

그녀가 눈앞에 있었다면 이런 농을 해주었을 것이다.

"이추수, 한발 늦었다. 앞으로 이런 소식은 더 빨리 알려 줘. 고생이라도 덜하게."

『자객전서』 4권에 계속…

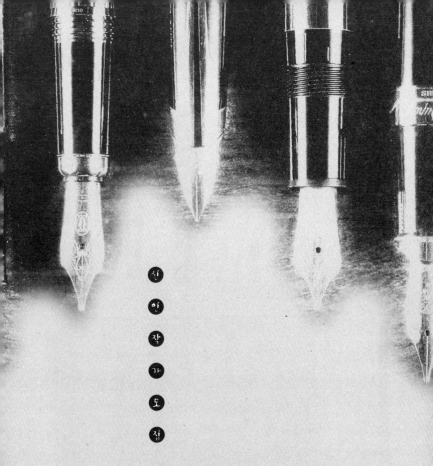

신인작가도집

시작이 반이라고 했습니다.
작가의 길에 대한 보이지 않는 벽을 과감히 깨뜨리십시오!
청어람은 작가 지망생 여러분들의
멋진 방향타가 되어드리겠습니다.

저희 도서출판 청어람에서는
소설 신인 작가분들을 모집합니다.
판타지와 무협을 사랑하시는 분들의 많은 참여를 바랍니다.
소정의 원고(A4용지 150매)를 메일이나 우편으로 보내주시면
검토 후 출판 여부를 알려드리겠습니다.

주소:경기도 부천시 원미구 심곡2동 163-2 서경B/D 2F 우편번호 420-822
TEL:032-656-4452 · **FAX**:032-656-4453
http://**www.chungeoram.com**
e-mail:chungeoram@chungeoram.com

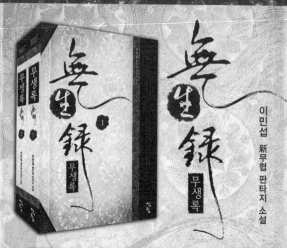

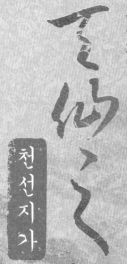

FUSION FANTASTIC STORY
월문선 장편 소설

화려한 귀환

머나먼 이계의 끝에서
다시 돌아온 남자의 귀환기!

『화려한 귀환』

장점이라고는 없던 열등생으로 태어나,
학교에서 당하는 괴롭힘을 버티지 못하고
자살이라는 극단적인 선택을 하게 된 남자, 현성.

"돌아왔다……, 원래의 세계로!"

이계에서 죽음을 맞이하게 된 현성은
자신을 죽음으로 내몰았던 현실 세계로 돌아오게 된다!

고된 아픔들, 그리웠던 기억들,
모든 것을 되살리며 이제 다시 태어나리라!

좌절을 딛고 일어나 다시 돌아온
한 남자의 화려한 이야기!
이보다 더 화려한 귀환은 없다!